目次

あの夏よりも、遠いところへ

オタマジャクシ

まるで真夏の夢のように、彼女は突如として俺の目の前に現れたのだった。

黒いピアノと白いワンピースのコントラストがあんまり美しかったんだ。この世のものとは思えないくらい。

「キレイや……」

思わず声をこぼした俺を振り返った彼女の肌の白さは、この蒸し暑さに似合わなくて、なんだか本当に現実じゃないみたいだ。わけのわからない鳥肌がみぞみぞと全身を覆う。

「きみ、ずっと聴いとったん？」

いきなり、桃色の小さなくちびるが歌うように声を発した。思わぬ来客を歓迎しているような、十一歳のガキをからかっているような言い方だった。同時に、じっと俺を見つめていた薄い色の瞳が優しくすぼまる。

体じゅうの筋肉が鋼になったみたいに硬直した。白いレースのカーテンの向こうから近づいてくる彼女を、俺はぽかんと見つめるほかにどうしようもできなかった。

俺、たぶんいま、史上最高にまぬけな顔をしてるな。

しっかり抱えていたはずのバスケットボールがいつのまにか腕から落っこちている。ころころ転がっていくボールは重力に逆らわない。だけど完全に時が止まってしまった俺には、それを追いかける術がない。

「ねえ、ボール、落ちたよ」

言われなくても知ってるよ。そんなことを言い返す余裕はないけど。

彼女はおかしそうにふふっと笑った。

笑い声も、歌ってるみたいだよ。不思議なんだ。

「勝手に人んチの敷地内入ってきよって、ほんま、自由な子やなあ」

叱るとか、呆れるとかいうより、おもしろがってるみたいな言い方が妙に新しく感じた。先生も、母さんも、ちょっとしたことでうるさいんだもんな。大人ってのは簡単にガキを叱る生き物だ。

彼女は、大人でも、子どもでもないように見えた。生きてる人間じゃないように見えた。俺たちよりもずっとあったかくて、少しだけ寒い感じ。うまく言えない。

白すぎる指先がそっと伸びてきて、なぞるみたいに俺の頬に触れた。ついさっきまで白と黒の鍵盤をすべっていたそれは、冷たくて、さらさらしていて、いままでに一度も体験したことのない感触だった。

「ふふ、泥ついてる」

背中がぞわぞわする。

「ねえ、きみもピアノ好きなん？」

ピアノ？

……ああ、そうだ、ピアノ。

ボール追っかけてたら音が聴こえてきて、俺は知らずそれに引き寄せられて、こんなところまで来ちゃってたんだ。

ものめずらしかったわけじゃない。ピアノの音なら普段からけっこう耳にしてる。学校で音楽の授業があるし、家では妹も弾く。

だけどどこで聴いたのとも違う音楽だった。どこか甘い味のする音色《ねいろ》だった。音に味があるなんて、俺、知らなかったよ。

「……べつに、好きとちゃう、けど」

「あ、しゃべった」

「え？」

彼女はおかしそうに笑った。俺はなんだか急に恥ずかしくなった。

「なあなあ、名前、なんていうん？」

まさか名前なんか聞かれると思ってなかったから、いきなりの質問に面食らう。少し迷ったけど、黙ってるのもダサいと思って、素直に名乗った。

「清見蓮《きよみれん》」

「レン？」

「うん。ハスの蓮」

「へぇ！　蓮かあ。いい名前やね」

自分の名前はなかなか気に入ってる。でも、誰かにそう言われると、むずがゆいな。

そう思ったら変なむずがゆさがいっきに全身へ広がった。俺、なにしてんだろう。

こんなとこで。知らない人ん家の庭先で。初めて会った女の人にドキドキして……。

「も、もう俺、行くし！」

違う。べつに、ドキドキなんかしてねえ！

「おうち帰るん？」

「ちゃう、バスケ、そこの公園でバスケしてるねん、友達待たせてるねん」

ひと息で言って、寂しそうに転がったままのバスケットボールを勢いよく拾いあげると、彼女の顔は見ないまま地面を蹴った。

「待って、蓮！」

ズッコケそうになった。いま会ったばっかりの人間に呼び捨てにされるとは思っていなかった。

「なぁ、また来てくれる？　今度はもっと時間あるときに」

そう言った彼女は、ついさっきまでの表情が嘘みたいにぜんぜん笑っていない。俺が首を縦に振ることだけを待っているような瞳はどこか幼くて、俺と同じ十一歳くらいの女の子にも見えた。きっと実際はもっと年上なんだろうけど。たぶん、ハタチとか、それくらい。

「……わかった」

俺はうなずいていた。なんか、妙に真剣な顔でうなずいてしまった。

「ほんまに？」

ほっとしたように口元を緩ませた彼女が明るい声を上げる。ほんまに、と俺はいたってクールに答える。

「なぁ、蓮。約束やからね」

「おう。約束や」

変にカッコつけた言い方になった。彼女はふふふと笑った。今度はさっきよりもうんと大人な、年相応って感じの顔だ。

「わたし、サヤっていうねん。よろしくね、蓮」

情けないんだけど、差し出された右手に握手で応えられるほどの根性はなくて、持っていたバスケットボールで細すぎる指先をちょんと触った。彼女は嬉しそうに笑った。俺はまた無性に恥ずかしくなった。

公園に戻るといきなり頭をどつかれた。十五分も帰ってこなかったんだから当たり前だな。それでも、ワリィワリィって答えながら、心はどっか別の場所にあるみたいだった。

家に帰って、妹の弾くへたくそなピアノの音が邪魔くさくて文句をつけたら、ものすごい喧嘩になった。おまえのピアノは甘くないって言ったら、イミワカランってガンガン泣かれた。俺も、自分のしゃべってることの意味がわかんなかった。

甘い味のする音楽。サヤというピアニスト。

考えていたらぜんぜん眠れなかった。それでも考えずにはいられなかった。というより、勝手に脳ミソに流れこんでくるからどうしようもない。

甘い味のする音楽。サヤというピアニスト。

夢だったかもしれない。それでも、あの指先が触れた左の頬がじんと熱くなって、布団の中でたまらなかったのだけは現実だ。

さすがにインターホンを鳴らす勇気はなかった。オカンとか出てきても、どんな顔でなにを言えばいいのかわからないし。考えただけで怖気づいて、さんざん家の前をウロチョロしたあとで意を決して庭先まで行ってみると、サヤはきょうも窓を開けっぱなしにしてピアノを弾いていた。

線の細い背中。その向こうから繊細に空気をつたってやってくる音を、俺は黙って聴いていた。呼吸すら忘れて。もしかしたら、まばたきもしてなかったかも。

「……あ。蓮」

俺が声をかける前に、一曲弾き終えたサヤがこっちを振り返った。無意識に、ぎゅっと肩のあたりに力が入る。

「来てくれたんやね」

「まあ、約束やったし」

想像以上に不愛想な言い方になってちょっと後悔した。怒ってるわけじゃないんだ。けど、どんなふうにしゃべったらいいのかわからない。俺、母さんと学校の先生以外に、まともに年上の女の人としゃべったことないんだ。

サヤはそんなことはお見通しというふうに笑うと、ちょいちょいと手招きのしぐさをしてみせた。

「外、暑いやろ？　中入っといでよ」

「えっ」

「ええから。ね？」

誘導されるみたいにスニーカーを脱ぎ、少し高い場所にある部屋のフローリングに右足をかける。どうにでもなれと思って勢いよく体ごと上がると、とたんに上品なにおいが鼻いっぱい広がって、めまいがした。

「きょうもバスケしてきたん？」

「ううん。きょう終業式やってん」

「だからこんな早い時間に来てくれたんや！　あしたから夏休みかあ、ええな。いっぱい遊べるやんか」

まあな、なんてなんでもなく返事をしてはみるけど、体はカチンコチンに緊張して動いてくれないし、困った。棒立ちの俺を見てサヤが笑う。ふふって、あの笑い方。

「蓮、緊張してる？」

「し、してへんわっ。なんでキンチョーせなあかんねんっ」

あほか、緊張してへんわけがないやろ！　と心の中だけで絶叫しつつ、ふいっと顔を背《そむ》けると、その拍子にぴかぴかと黒く輝くピアノが目に入った。間近で見るとでっけえの。グランドピアノが普通に家にあるって、けっこうすごいよな。

「蓮も弾いてみる？」

「えっ!?」

声がひっくり返ってしまう。

「だってあんまりじいっと見てるから」

ゆるいウェーブのかかった、長い栗色の髪が揺れる。瞳を覗きこまれてどきりとしたけど、なぜか今度は逸らすことができなかった。

どこもかしこも透明だ。手を伸ばしたら消えてしまいそうだよ。儚《はかな》いって、こういう雰囲気をいうのかな。

「……ほんならさ、さっきサヤが弾いとったやつ、教えて」

「さっきの？　ショパンの『パガニーニの思い出』かな」

ショパン。名前は知ってる。音楽室に肖像画も飾ってあったと思う。顔はちょっと思い出せないけど。曲名のほうはぜんぜん知らなかった。

「ええやん、弾こう弾こう！　めっちゃきれいな曲やんなあ。わたしも大好き」

うんざりするほどの量の冊子がぎっしり詰まった本棚を覗きこむと、サヤは何冊かの古びた楽譜を取り出した。ここに並んでるのが全部楽譜だと気づくとぞっとした。だって、本棚って、ひとつだけじゃないんだぜ。

「けど、いきなりショパンを弾くんはちょこーっとむずかしいから、まずはちゃんと基礎から勉強してみよっか」

「基礎？」

「そう。ピアノにもな、バスケとおんなじで練習が必要やねん。土台がないとなにしても上手くなられへんねんな」

俺の手をサヤが優しく引いて、そっと鍵盤の上に乗せた。思ったよりもひんやりしてる。触っちゃったよ。すげえ、ドキドキする。

「右手の親指、まっすぐ下ろしてみ？」

言われたままにそうすると、ぽろんと、なんとも情けない小さな音でピアノが鳴いた。サヤの出すのとはぜんぜん違う音。ほんとに同じピアノなのか疑いたくなる。

「これがドな。真ん中の音。ちゃんと覚えといてな」

突然始まったレッスンに戸惑いつつ、楽しそうなサヤに俺もなんとか食らいついた。

ピアノはむずかしくて繊細な楽器だ。時おり頬を撫でるサヤのやわらかい髪に気を取られていると、すぐ変な音が出てしまう。

「やった！　ドレミファソラシド、全部弾けるようになったね！　よーし、そしたら今度は楽譜の勉強やで」

「サヤはピアノの先生なん？」

なんとなく頭の片隅に生まれた疑問をそのままぶつけてみると、色素の薄い長いまつ毛がびっくりしたように数回パチパチとまばたきをした。

「ううん、ちゃうよ。いつもは自分で弾いてるだけ」

「そうなん？　教えるん上手《うま》いから先生かと思った」

「ほんま？　めっちゃうれしい、ありがとう！　実はわたし、音楽の先生になりたかってんなあ」

想像してみる。見慣れた学校の音楽室に、サヤの姿を置いてみる。ものすごくしっくりきたよ。きっとすげえ楽しいんだろう。俺を含め、うちのクラスのどうしようもない男も、大人しく授業を受けちゃうんだろう。

「なんで教師にならんかったん？」

次の質問にはサヤは曖昧に笑った。その顔を見て、もしかしたら聞いちゃマズイことだったのかもしれないと直感的に思った。

「いろいろ、事情あってな」

そのイロイロの中身は想像もつかない。メチャクチャ重たい内容かもしれないし、すげえどうでもいいことかも。イロイロって便利な言葉。

「ほら、次は楽譜するでー」

サヤが開いた古びた教本には、ひと昔前に流行ったキャラクターが載っていた。子ども向けのそれは幼いころサヤが使っていたものだという。サヤは、どんな子どもだったんだろう。いまはいくつなんだろう。どんな事情があって教師にならなかったんだろう。

なにひとつ訊ねることができないまま、ト音記号やら八分《はちぶ》音符とやらを楽しそうに説明する横顔を眺めていた。サヤはこれまで出会った誰よりも美しい人だ。それは顔の造形だけの話じゃない。

「蓮は覚えが早いなあ」

座学を終えていよいよ実践に移ると、俺がたった一音たたくだけでサヤはいちいち嬉しそうに笑った。

「さっきから褒めすぎやし」

「だってほんまにすごいねんもん！　悔しいくらい」

褒め上手のサヤにおだてられ、褒められて伸びるタイプの俺はどんどんピアノを好きになった。お行儀よく規則的にならぶ音符をなぞるだけの退屈な反復練習さえ、ぜんぜん嫌じゃなかった。

あっという間に数時間がたって夕方になるころには、俺は簡単な曲ならスラスラ弾けるようになっていた。

「よし。じゃあきょうはこれでおしまい」

譜面台の楽譜をサヤが閉じる。俺は口をとがらせる。まだまだ、もの足りないよ。

「もう？」

「だってもう夜になっちゃうで？　お腹すかへん？」

すかへん、と答えためんどっちい俺に、サヤは大人の顔をして笑った。

「続きはまた今度な」

ちぇー。つまんねえの。

「俺、あしたから夏休みやからさ」

手際よく楽譜を片付ける線の細い背中にむかって声を出す。

「なぁ、だからさ……」

「うん？」

いきなり振りむいて返事をしたサヤが瞳を覗きこんでくるので、しり込みしてしまった。

「だから毎日来れるで！」

思わず椅子から立ちあがった。サヤは驚いたようにまばたきをくり返した。そして笑う。俺は居たたまれなくなる。さっきから俺、嫌になるほどガキだ。サヤは嫌になるほど大人だ。恥ずかしい。

「ふふっ。毎日レッスンしとったら、わたしなんかすーぐ追いぬかれてしまいそうやなぁ」

それは、来てもいいよってこと？　よくわからなくて黙っていたら、サヤは「あしたも待ってる」と小さく首をかしげて微笑んだ。おうと答えて、逃げるように背を向けた。

「蓮は、ええなあ」

窓際でスニーカーに足を突っこんだとき、少し上から切ないような声が降ってきた。

「なにが？」

「好きなことなんでもできるのが」

大人が子どもをうらやんで言う台詞《せりふ》にも思えたけど、なんかそれとはちょっと違う感じの響き。

「サヤかてピアノ弾けるやん。好きなんやろ？　ピアノ。ずっと弾いとって、ええやんか」

俺なんか、やりたくもない夏休みの宿題が目の前に山積みだし、ぜんぜんいいことなんかないぜ。

「わたしにはピアノしかないから」

冗談か本気かもわからない口調。

「なんやねん、それ」

鼻で笑った俺に、サヤは笑いながら憤慨する。

「なあ、いま嘘やと思ったやろ？　ほんまやもん。昔からなにやってもあかんかってんもん」

「たしかにサヤ、不器用そうやもんな」

「なんやて、失礼な！　怒るでっ」

なんだよ？　だから教師にもなれなかったってわけ？

ついさっきまで大人の女の人だったサヤが、またたくまに幼い少女へ変わる。俺は自分のほうが年上になったような気になって、ついついエバってしまう。

「ほんなら、俺が教えたる」

窓際にしゃがんでいる、俺と同じ高さの目線が小さく揺れた。透明に濡れた瞳と目が合って、変な高揚感みたいなものを覚えた。

いまならなんだってできそうな気がする。ほんとに、なんだって。史上最高に無敵になった感じだ。

「サヤができひんこと、俺が全部教えたる。なんでもええで！　なんでも言うてみ」

サヤは笑わなかった。違う。笑ったけど、おかしそうに声を上げたんじゃなく、口元をキレイに上げて微笑んだ。

嬉しそうに。悲しそうに。切なそうに。愛しそうに。

その表情の前で、俺の無敵は見事に一瞬で粉々になった。

「蓮といっしょに泳ぎたい」

サヤはひとり言みたいにつぶやいた。

「なんやねん、それ？　プール行きたいってこと？」

「そやなあ。でもわたし、プールなんか行ったら溺れてまうんちゃうかな？」

粉々になった無敵のかけらを拾い集める。

サヤは溺れない。だって、俺が溺れないから。

「俺が助けたる！」

さっきよりもでかい声で言った。サヤは、今度は声を上げて笑ったのだった。

「あはは、蓮はすごいね！　頼りにしてるわ」

早く大人になって、ぐんぐん成長して、うんとでっかくなればいい。サヤのこと背負って泳げるくらいがいいな。いまも、もしかしたら、それくらいのこと簡単にできちゃうかな。

白い指先が俺の頭を撫でた。ひんやりとした感触は、この猛暑とは別世界のもののように思えてならなかった。

俺はやると言ったことはやる男だ。毎日飽きもせずチャリンコを飛ばしてやってくる俺に、サヤのほうも飽きないで毎度笑った。彼女が用意してくれるキンキンに冷えた麦茶は最高においしくて、いつもイッキ飲みしてしまう。

「日に日に黒くなってくね、蓮」

「そら、毎日外でてるもん」

「友達とも遊んでる？」

「遊んでるで！　きのうもバスケしたし！」

「ふふ。暑いのに元気やねえ」

サヤは俺のいろんなことを聞きたがった。友達のこと。家族のこと。学校のこと。ほんとに、なんでもかんでも。

自分のことを知ってもらえるのがうれしくてどんどん話す俺とは対照的に、サヤはあまり自分について語ろうとしなかった。聞いても曖昧《あいまい》に笑うだけ。俺がガンガンしゃべるのは、サヤにもっとしゃべってほしいと思っているってのもあるかもしれない。

「遊ぶのもええけど、ちゃんと夏休みの宿題もやらなあかんで？」

「うっわ。サヤまでオカンみたいなこと言うのやめてや」

「あはは、ごめん。ほなもう言わんとく」

笑ったサヤがピアノに向き合った。始まった音楽はどこかで耳にしたことのある曲だった。

サヤは決まってレッスン前になにか弾いて聴かせてくれる。いつも絶対に違う曲だけど、サヤが楽譜を開くところって一度も見たことないよ。全部、暗譜《あんぷ》ってやつをしているらしい。指が覚えてるんだって、かっこいい台詞でめちゃくちゃシビれた。

サヤの頭の中には、いったいいくつの楽譜が詰めこまれているんだろう？

「きょうはなに？」

弾き終えたところに即刻たずねる。短い曲だった。全体的にぴょんぴょん跳ねるような印象なのに、流れるようなメロディーラインがなんとも不思議だった。

「きょうはモーツァルト。ピアノソナタ第15番の第1楽章」

ピアノソナタ以降はちゃんと聞き取れない。

「モーツァルトかあ！　めっちゃええな！」

「気に入った？　いつか蓮とモーツァルトの『二台のピアノのためのソナタ』を連弾してみたいな」

「レンダン？」

「同じ曲をふたりで弾くねんよ。蓮といっしょに弾けたらぜったい楽しいと思うねん」

二台のピアノのためのソナタ。いったいどんな曲なんだろう？　サヤといっしょに同じ曲を弾いたら、どんな気分なんだろう？

「これはわたしのわがままかもしらんけど……もっともっと、蓮にいろんなこと教えたい」

サヤの右の人差指がひとつの黒鍵《こっけん》を押しこんだ。ファのシャープ。

「いろんなこと?」

「うん。曲もそうやねんけど、作曲家とか、音楽史とかな、わたしの持ってる知識まるごと、蓮にあげたい。蓮の中に……」

なにかを言いかけて、サヤは言葉を止めた。俺は続きを待つことができなかった。

「毎日来るからっ」

沈黙が嫌だった。どうしても。どうにも。いまは。

「夏休みが終わっても、中学生になっても……高校生になっても! 毎日来るから、俺っ」

だから全部、教えて。

俺の知らないこと全部。

サヤの全部。

俺にちょうだい。

誰かをこんなにも強烈に欲しいと思ったのは、生まれて初めてだった。この感情に名前を付けるのには俺はガキすぎて、どうしようもなく泣きたくなった。

「蓮は、すごいね」

どういう意味のスゴイなのかはわからなかったけど、俺はかぶりを振った。

「わたしなんかきっとすぐに追い越されてまう」

「あたりまえやっ。俺はもっと大きくなるねんから！　背ェも高なるし！　体もデカなるし！　声も低《ひく》なるし！」

ピアノのほうは、まだまだぜんぜんサヤには追いつけっこないと思うんだけどさ。

「ふふっ。楽しみやなあ」

心臓のあたりがぎゅっとした。なんか、すごい痛かった。

この笑顔が見られるなら、俺、サヤが飽きるまで毎日ここに会いにくるよ。

いや、もういいよ、飽きたってウンザリされても会いにくる。

「ピアノもめちゃくちゃ上達したもんね。信じられへんくらいのスピードやで。蓮は天才かもしらん」

「ちゃうねん。俺、家帰ったら妹のピアノでめっちゃ練習してんもん」

「すみれちゃんやっけ？　いつか会わせてほしいな」

すみれになんか会わないほうがいい。キーキーうるさいただのクソガキ。泣いてねだってやっと買ってもらったアップライトピアノを、あいつは数回しか触らないまま埃まみれにしやがった。

ぜんぜん練習しねえの。だから上達なんかするはずないのに、上手《うま》くならないのがつまらないからとピアノ教室をすぐに辞めたんだ。

家にあるピアノはもうほとんど俺のものだ。最近ピアノを弾くようになった兄を妹は気味悪がっているけど、こんなに楽しい楽器を簡単に放りだした妹のほうが、兄はよっぽど気味悪いよ。

「さて。練習曲はもうずいぶん弾けるようになったやんな」

ソナチネという分厚い楽譜の背表紙を眺めながら、サヤが仕切り直す。

「夏休みもそろそろ中盤やろうし、ぼちぼち練習し始めよか？『パガニーニの思い出』」

聞いただけでドキドキする。忘れたことのない、その曲名。あの優しいメロディー。甘い味のする音楽。

サヤが本棚から取りだしてきた楽譜は、どこか古いにおいがして、もっとドキドキした。

「いろんな書きこみがしてあって汚いけど、許してな」

少し色あせたそれには、確かに細かく細かく、たくさんのことが書きこんであった。サヤがこの曲を練習した証。サヤの歴史そのものだ。

「サヤはいつからピアノ弾いてるん？」

「えー、いつやろ。物心ついたときにはもう、この椅子に座らされとったかなあ」

想像していたよりもずっと昔だった。サヤの人生はピアノといっしょにあるんだと思った。

「わたしのピアノの先生はお母さんやったからね。お母さん、音大でピアノ教えてるねん」

変なところではっとした。そうか、当たり前のことだけど、サヤにも母親がいるんだよな。

サヤも誰かから生まれ落ちて、少女のころを経験して、ここに存在しているんだって思うと不思議だった。サヤは生まれたときからずっと、いま目の前にいるサヤの姿をしていたような気がする。

「だからわたしも、音楽の先生になりたかってん」

「もう無理なん？」

黙っていられなかった俺に、サヤがウーンと唸る。答えを探しているというより、もう決まっている答えの伝え方を考えているように見えた。

「わたしには蓮っていう素敵な生徒がおるから、それだけで幸せ」

突然まじめな顔でそんなことを言われると、うまい返しができないから、困るよ。

「あんな。蓮は、わたしの最初の教え子なんやで」

サヤは大切な秘密を打ち明けるみたいに言った。

サヤが誇れる存在になりたいと思った。最高のピアニストになりたいと思った。

『パガニーニの思い出』は弾いてみるとけっこうむずかしい。ちょこまかした右手の動きに苦戦した。何度も指がもつれると、もう嫌だって投げだしたくなるけど、そういう瞬間は決まってサヤが俺を褒めた。

「蓮、ほんまにすごいよ！　夏休み中に完成するんちゃう？」

死ぬほど単純明快で嫌になるよ。

「もっとがんばる。絶対すぐ弾けるようになったる！」

「うん、蓮ならできるよ。楽しみにしてる」

細く白い指が俺の髪を撫で、するりと抜けていく。

気づけば夏休みも残り二週間のところまできていた。二週間後には学校も始まって、もうこんなふうに長いあいだいっしょに過ごすことはできなくなるんだろう。そういえば宿題がぜんぜん進んでないけど、知らないふりを決めこんだ。

「なあ。まだプールも行ってへんし、バスケもしてへんで」

右手の反復練習をしながら問いかける。オクターブ上で、サヤが同じメロディーを簡単に弾いてみせる。

「そうやねえ。今年はもう無理とちゃうかなあ」

壁に掛かっているカレンダーに目をやったサヤが残念そうにつぶやいた。夏はまだまだ終わらないよ、と言いかけて、俺たちの夏休み中も仕事に出かけていく父さんの背中を思い出した。大人に夏休みはない。サヤも、俺が思うよりずっと忙しいのかもしれない。

「ほんなら、来年は絶対や。約束やからなっ」

「……うん。約束ね」

弱々しく消えた語尾がなんだかとても嫌だった。窓から差しこむ夕日が逆光になっているせいで、サヤの顔がよく見えないのも嫌だった。

約束という言葉をこんなにも不安な響きに感じたことは、いままでに一度だってなかった。

がむしゃらに練習したおかげで、夏休み最終日にはいよいよ曲が完成しそうになっていた。初めてピアノに触ってから一か月と少し。たったそれだけの期間でショパンを弾けるようになるなんてとても普通じゃ考えられないことだと、サヤは本当に感心したように言った。

「蓮はほんまに天才やと思う」

俺が天才なら、サヤは神様だな。

「蓮が将来ものすごいピアニストになってたらどうしよ。わたしの手が届かへんくらい」

とても手の届きそうにない存在が冗談みたいなことを言う。

「蓮にはずっとピアノ弾いとってほしい」

「ずっと?」

「ずうっと。蓮のピアノ、すごい好きやから」

白い鍵盤の上に置いた俺の右手を包みこむように、サヤの真っ白な手のひらがそっと重なった。サヤの手はいつも真冬のように寒い。このまま手首を返して、握りしめて、この手をあっためることができたらどんなにいいだろう。

そんなことできるはずもない俺は押し黙っていた。恐ろしかったんだ。俺なんかのちっぽけな熱ではこの寒さを取りはらうことなどできない、それを思い知るのが、どうにも。

「わたしなあ、オタマジャクシになりたいねん」

サヤは唐突に言った。なぞなぞかと思ったけど、見上げた横顔はとても真剣なまなざしをしていて、俺はあわてて目を逸《そ》らした。

「音符ってオタマジャクシに似てると思わへん? わたしもこんなにかわいい姿になって、真っすぐな五線譜の上をずっと泳いでたい」

「ずっと？」

「ずうっと」

　同じ会話が生まれた。だけどさっきとは違う温度の『ずっと』だった。俺は、なにも答えることができなかった。オタマジャクシになんかならないで、サヤにはずっとピアノを弾いていてほしいんだけど、それを伝えるのはいまの俺にはショパンを弾くよりむずかしいことだった。

「さあ、蓮。もう夕方やで。帰らんとあかんよ」

　イヤイヤと首を振る。ガキみたいなことしかできない自分がダサくて悲しくなる。

サヤは困ったように笑った。

「なんで突然わがままやねん？」

「夏休み、きょうまでや」

　自分でもびっくりするくらいへにょへにょの情けない声が出た。少し間があいて、サヤが「そっか」と声をもらした。

「もう、おしまいやねんな」

　なんでそんな言い方をするんだよ？　たかが夏休みが終わるくらいで。そうだよ、ただ、夏休みが終わるだけだろう？

「あした、学校終わったらまた来ても……」

「ううん」

サヤは強く否定した。こんなにもきっぱり否定されたのは初めてのことで、俺はうろたえてしまった。

「もうおしまい」

その言葉の意味を考えることを俺の頭はかたくなに拒否した。だけど、考えなくても、わかってしまう。

「わたし、しばらく遠いところに行くねん」

「遠いとこって？」

カラカラに渇いた喉を必死に開き、俺はやっとの思いで声を出した。

「ちょっと旅に出ようと思ってて」

それが少し遅れた夏休みの旅行じゃないってことくらい、俺にだってわかる。

サヤは微笑んでいた。泣きそうな顔で微笑むと、人はこんなにも悲しい顔になるのだと思った。

サヤの指先が俺の頬をなぞる。初めて会ったときと同じその動作は、初めて会ったときとぜんぜん違う意味を持っているように思う。

「サヤ、なあ、どこ行くん？」

「蓮の知らん、遠いとこ」

「旅が終ったらまた会えるやんな？　なあ？」

視界がぐにゃりとゆがむ。鼻の奥がつんと痛む。こぼれ落ちそうなものを必死に我慢した。ダサいところは見せたくなかった。

「大まかには弾けるようになったけど、細かいところはまた、自分で練習しといてな」

そんなことを聞きたいわけじゃないんだ。

「蓮がこの曲を完璧に弾けるようになったら、聴きに帰ってくるから」

『パガニーニの思い出』の楽譜を俺に手渡しながら、サヤは嘘をついた。

「……わかった。俺、めっちゃ練習する。すぐ完璧にしたる。サヤのことびっくりさせたるからな！」

「ふふ。ほなすぐ帰ってこなあかんなあ」

それでもやっぱり、信じたくて、俺がその嘘を暴きたくなくて、透きとおる瞳をまっすぐ見つめた。薄い茶色のガラス玉にひどい顔をした俺が映しだされている。

「蓮、ほんまにありがとうね」

なんでお別れみたいなセリフを言うんだよ？

「……帰る。宿題あるし」

本当は、手を伸ばして、彼女の髪に触れたかった。

触れて、優しく引いて、歌うように言葉を紡ぐくちびるにくちづけたかった。

どうして俺はこんなにガキなんだろう?

「元気でね、蓮」

窓際にむかう途中、背中越しにサヤの声。ぜんぜん歌ってなんかない。

「サヤもな」

声は震えていないだろうか。背中は、ちゃんとかっこよく見えているだろうか。

「じゃあな!」

地面を蹴って、自転車にまたがった。転がるように坂を駆け下りた。ぬるい向かい風が頬を撫でるのがうっとうしかった。それでも、一度も振り返らなかった。

嘘みたいだ。これでおしまいなんてきっとなにかの冗談に違いない。

あしたもあの部屋の前に行けば、白いレースが揺れていて、その向こうには黒いピアノがあって。そしたら笑顔のサヤが冷えた麦茶を持ってきてくれる気がするのに。

俺は想像以上にガキだった。サヤは、俺が思うよりずっと大人だった。

だから、信じててもいい? こんな子どもだましみたいな嘘を、俺だけは最後まで。

また会えるって、思っててもいい?

俺、死ぬほどピアノ練習するからさ。俺とサヤの好きなあの曲くらい、すぐに聴かせてやるからさ。

もちろんなにも手につくはずがなく、ろくに宿題をやってこなかった俺は新学期からこっぴどく叱られる羽目になった。

つまんねえ授業、口うるさい担任、仲間といっしょにするバスケ。学校はなにも変わらない。ただひとつ変わったといえば、新学期になってからクラスの女子がみんなガキっぽく見えるようになったことくらいだ。

「最近はぜんぜん出かけへんのやね」

夕食を作っている母さんは台所にむかったまま、俺のほうは見ないで言った。ソファに座ってぼけっとテレビを見ていた俺は、気の抜けたガスのような声を出してしまった。

「ほら、夏休みは毎日どっか行っとったやろ？　朝から自転車乗って」

もう行かないんだとはどうしても言いたくなくて、俺は答えずに立ち上がった。たったひと夏のうちに、二階の子ども部屋に置いてあるピアノと向きあうのが夕食前と後の日課になっていた。

死ぬほど弾いてる。最初は気味悪がっていやいや言ってきた妹ももう〝そういうもの〟だと思ってる。それでも上達したという実感がめっきり消え去ったのは、隣にサヤがいないからだ。すごいねって、飽きるくらいに言ってくれる最高の先生を失ってしまったからだ。

色あせた『パガニーニの思い出』の楽譜はどこか甘い香りがした。俺の心の奥の嗅覚にもすっかり沁《し》みついてしまったこの匂いは、きっとずっと消えないままなんだろう。この楽譜に残されたいくつもの書きこみも。サヤの字は細く、薄く、美しく、まるでサヤそのもので、夏休みのことは夢じゃなかったんだと実感させられる。なぜか、たまに楽譜をびりびりに破り裂きたくなるような衝動に駆られる。

「にいちゃーん」

ゴジラみたいな足音をたててやってきた妹のすみれが、ものすごい勢いでドアを開けた。

「なんやねん?」

俺はせわしなく動かしていた両手を止め、首だけをのっそりと妹のほうへ向けた。

「ママが呼んでんで」

「メシ?」

「ちゃう。ごはん作ってへんもん、ママ」

疑問を浮かべつつ、言われるがままリビングに行くと、母さんは慌ただしく出かける準備をしていた。台所には作りかけの夕食が寂しそうに放置されている。

「ああ、ごめん、蓮。あと野菜とお肉炒めるだけやし、やっといてくれる?」

「なに？　どうしたん？」

「これからお母さん、お通夜行かなあかんことになってん」

「オツヤ？」

「四丁目の岸谷《きしたに》さんとこの娘さんが亡くなったんやって」

四丁目ってどこだっけか？　キシタニというのは誰かも知らない人だ。学校でも、聞いたことないな。

ふうんと気のない返事をしつつフライパンを火にかけた俺に、母さんが申し訳なさそうなお礼を言った。

「たぶんすぐ帰ってくると思うから。ちゃんとお風呂済ませといてよ。蓮、すみれのこと頼むで」

「はいよ」

「お父さんももう帰ってくると思うし、岸谷沙耶《さや》ちゃんのこと、伝えてあげてね」

体がぴくりと動いた。サヤという響きを、俺はとてもよく知っていた。

ぜんぜんめずらしい名前じゃない。サヤって子ならうちの学年にもいるし。違う人だ。違うに決まってる——あの家は何丁目にあった？

「なあオカン……その人って、誰？」

声が震えた。フライパンの中の野菜が悲鳴を上げているみたいにじゅうじゅう湯気《ゆげ》を立ち昇らせているのを、弱火にするのもすっかり忘れた俺はじっと見つめた。頭がぐらぐらしている。

「ああ、たぶん蓮は知らへんと思うわ。昔から病弱でずうっと家の中にいはったみたいよ？　ただピアノが上手でねえ、岸谷さんところの前を通るといつもキレイな音色が聴こえてきてね。もうあれも聴かれへんと思うとちょっと寂しいねえ……」

遠ざかる。音が。景色が。なにもかもが。もしかしたら俺のほうが、たったひとりで世界から遠ざかってるのかもしれない。足元の床がすっかり抜け落ちてしまったみたいだった。地面を踏みしめる感覚がまるっきり消えてしまった。

「……蓮、どうしたん？　真っ青な顔して」

「俺も行く……」

口の中で情けなく言葉が消えていく。

「なんて？」

「行くっ」

何度もダメだと言われたが、頼むからと懇願する俺についに母さんのほうが根負けしたらしい。母さんは俺のために黒い服を用意し、数珠《じゅず》もきちんと出してきてくれた。お通夜というものに行くのはひいじいちゃんが死んだ日以来だ。

すみれはひとりで留守番することになった。メシも風呂も自分でできるからと得意げに言った四年生の妹は、初めてのひとりきりの夜にどこかわくわくしているようだった。

母さんのななめ後ろをとぼとぼ歩くだけの夜道は果てしなく長かった。うちの街の街灯ってこんなに少なかったかな？　夜がいつもよりずっと黒く感じる。すぐ前を歩いている母さんの姿さえ簡単に見失ってしまいそうだ。

——ああ、この道、サヤのところに向かうのと同じだな……。そう気づいたら一歩を踏みだすのが本当にきつかった。足に百トンのおもりがひっついてるみたいだった。

はやく到着してほしい。

ずっと到着なんかしなくていい。

祈るような気持ちだよ。死んでしまったらしいキシタニサヤというピアニストは、俺の知っているサヤとはぜんぜん違うピアニストであってほしいと。

だけど祈りなんか神に通じない。無情にも、あの見慣れた家の前で母さんはゆっくりと足を止めたのだった。体を八つ裂きにされた気分だ。

俺の足はいよいよ前進することを拒否した。母さんがしょうがなく俺の手を引っぱる。優しい手のひらだった。サヤのとはぜんぜん違う、あったかい指先だった。

母さんはもうわかっているのだろう。夏休みのあいだ毎日出かけていた息子が、どこで、誰と、なにをしていたのか。なぜ息子が突然ピアノを弾くようになったのか。

この家に玄関から入るのは初めてだった。だからか、まったく知らない場所のように思えて仕方ないな。

「まあ清見さん、こんばんは。わざわざありがとうございます」

「岸谷さん、このたびは本当に……お悔やみ申し上げます」

目を赤くにじませて頭を下げた女性は、驚くほどサヤに似ていた。栗色の猫っ毛とか、まあるい目とか、小さなくちびる。サヤはこの人から産まれたのだと思った。そして、この人よりも早く死んでしまったのだと思うと、それ以上はとても見ていられなかった。

家の中には知らない大人がたくさんいた。人が死んだときに黒い服を着るのって嫌だよ。重たい空気がもっと重たくなる。

「蓮くん、よね？」

突然話しかけられて跳びあがった。すぐ横で、サヤの母さんが腰を屈めて俺の顔を覗きこんでいた。

「来てくれてありがとう」

どうして俺のこと知ってるんだろう。母親には一度も会ったことはなかったはずだ。びっくりしてなにも言えない俺に、少し歳を重ねたサヤの顔は寂しそうに笑った。

「沙耶の顔、見てあげてくれる？」

「え……」

「ちょっとこわいかな」

気持ちの整理ができないまま、手を引かれて奥の部屋へ向かった。黒い大人たちをびゅんびゅん通り過ぎてたどり着いたのは、お洒落な洋館にはあまり似合わないような和室だった。

無理だ、と思った。

あの木製の箱の中にサヤが寝ているんだろう？

そうなんだろう？

うるさいほどの静寂が、嫌だよ。

俺はしゃべれなくなっていた。石像みたいにじっとかたまって動こうとしない少年を、周りの大人たちが心配そうに見ているのを感じた。見るな。誰も、見るな。俺がいま欲しいのは、たったひとりの視線だけだ。

知らないうちに情けない量の涙がぼろぼろこぼれていた。自覚したらほんとに止まらなくなった。嗚咽《おえつ》を我慢できなくなり、やがて声を上げてわんわん泣き始めた俺の肩を、サヤの母さんがぎゅっと抱き寄せた。キレイな指だった。サヤとおんなじ形の指。ピアノを弾く人の手。こういう手に、なりたいな。

「沙耶は小さいころから心臓の病気があってね、学校にもまともに行けてなかってんよ。ピアノだけがあの子の友達やった」

知らないよ。そんなこと、ぜんぜん聞いてない。

「ねえ、蓮くん。沙耶に会いに来てくれてありがとうね。友達になってくれてありがとう。音楽の先生になりたいっていう、あの子の夢を叶えてくれてありがとう。沙耶ね、今年の夏はびっくりするくらい具合よかってんけど、きっと蓮くんのおかげやね」

そんなのはなんの気休めにもならないよ。俺にはなにもできなかった。そんな余地すらなかった。

だって、サヤは、なにも言わないで死んでしまった。

心の端っこが大きくえぐり取られていくような気がした。

「ほんまはね、峠は八月中やって先生に宣告されとってんよ。それを引きのばしてくれたんは蓮くんや。なあ、蓮くんなんやで、沙耶を生かしてくれとったのは」

サヤの母親は俺の前で泣かない。その姿に、最後に会った日のサヤがダブってしょうがなかった。

俺はサヤのことなんにも知らなかったんだな。本当になにも。『岸谷』という名字すら、きょうまで知らなかったよ。

突き動かされるようにサヤの眠る場所へ駆け寄り、そのまま覆いかぶさって泣いた。叫ぶように。耐えるように。誰にも見せたくない。この寝顔だけは、どうしてもひとりじめしたい。

「蓮くん。これ、よかったらもらってくれへんかな？」

遠慮がちに声をかけてきたサヤの母親は、Ａ４が入るサイズの真っ白な箱を抱えていた。

「ずっと沙耶に言われとってんよ。わたしが死んだら清見蓮くんに渡してほしい、きっといつかわたしを訪ねてくると思うからって」

美しい指先が箱をひと撫でし、大切に蓋を開ける。とたん、甘い香りがふわりとただよう。

「これね、あの子が大切にしとった楽譜たち」

全部、サヤがとても好きだった曲だという。重たい重たい箱だった。俺はぐちゃぐちゃな顔のまま、受け取れないとかぶりを振った。サヤの母親は寂しそうに微笑んだ。

「ほんなら、せめてこれだけは読んでくれる？」

手の中に落ちてきたのは薄いピンクの封筒。

「手紙……？」

「そうやと思う。中身は確認してへんけど、あの子が蓮くんにって」

四つ折りにされた少し大きな便箋にはサヤの字が敷きつめられていた。俺の名前から始まった手紙は全部、歌うような声で再生された。

蓮へ
蓮。まずはごめんなさいを言わせてください。

嘘をついてしまったこと、本当に申し訳なく思っています。

蓮にはなにも知られたくなかった。

かわいい生徒に心配をかけるなんて先生として失格だと思ったのです。

蓮と過ごしたのはたった一か月と少しだったけれど、どの瞬間を取っても、わたしにとってはかけがえのない宝物です。

わたしを見つけてくれてありがとう。

飽きずにわたしのつまらない演奏を聴いてくれてありがとう。

バスケにプールに連弾に、いろいろな約束をしましたね。

どの約束も果たせないままになってしまったこと、どうか許してね。

本当に、本当に、全部やりたかった。蓮と一緒に実現させたかったよ。

これはわたしの勝手なわがままですが、わたしの大切な曲たちを、どうか蓮に託させてください。

弾いてくれなくたっていい。持っていてくれるだけで十分なのです。

そしていつか蓮がいまよりうんと大人になったとき、少しでもわたしを思い出してくれたらいいなって思います。
それだけで、わたしがこの世界に生まれてきた意味があったと思えるから。
蓮、本当にありがとう。
最後にとても素敵な思い出ができました。
わたしはこれから小さなオタマジャクシになって、五線譜の上を泳ぐつもりです。
五線譜のオタマジャクシを見たら、きっとわたしを思い出してね。
オタマジャクシになって、わたしもずっと蓮を見ているからね。
蓮。何度も呼んだ名前をいつしか大好きになっていました。とってもいい名前ね。
実は気になって花言葉を調べました。
いつまでも、神聖で雄弁な、清らかな心のあなたでいてください。
どうかあなたが幸せな人生を歩めますよう、心から祈っています。
蓮。大好きだよ。

岸谷　沙耶

紙きれになったサヤを抱きしめながら、俺は泣いた。初めて自分から触れたサヤはあまりに軽くて、小さくて、簡単にどこかへ行ってしまいそうで、ぐちゃぐちゃになるまで抱きしめた。

白と黒の上を踊るきれいな指はもう動かない。

それが俺の頬を優しくなぞることももうない。

あのガラス玉のような瞳に見つめられることも、もう二度とないんだ。

「俺がサヤの生きた証になる」

嗚咽しながら、やっとの思いで言った。

「俺が、サヤの生まれてきた意味になる」

岸谷沙耶というピアニストは消えてしまった。真夏の夢のように。現れたときと同じように。

たったひとつ、音楽という奇跡を俺の中に残して。

ヒャクジツコウの丘

ピアノをやめたのは、上手な姉と比較されるのが嫌だったからじゃない。自分で弾くよりも、姉の演奏を聴くほうがずっとずっと好きだと思ったから。

それを、どうせ拗ねているだけだと言われたとき、小さな傷がついたみたいに心のどっかがへっこんだのがわかった。

玄関のドアを開けたと同時に優しいピアノの音色が降ってくる。雪《ゆき》ちゃんの音楽は、雪ちゃんと同じあたたかい温度を持って、雪ちゃんと同じ穏やかさを携えている。その中にかすかにひそむ切なさみたいなものがわたしはとても好き。自分でも見たことのない心の奥底をきゅんと締めつけられるようなほろ苦さ。

学校指定のダサい白のスニーカーを脱ぎ捨て、本革の渋いダークブラウンのローファーの隣に並べた。自室にむかうと姉は夢中でブラームスを弾いていた。雪ちゃんは、昔っからブラームスが好きだね。

「ただいま」

一曲が終わって声をかけると、少し茶色みがかったロングヘアがふわりと揺れた。重たい漆黒をしたわたしの髪とぜんぜん違う色は生まれつきで、やわらかい雰囲気の雪ちゃんにとてもよく似合う。

「おかえり、朝日《あさひ》ちゃん」

ふたつ年上の姉は、高校生にもなって妹といっしょの部屋でも文句を言わない。

「ちょっと遅かったね」

「帰りにハンバーガー食べてきたんだ」

「お友達といっしょ？」

財布の持ち込み禁止とか、登下校中の買い食い禁止とか、妹がそういう校則を破ったことは咎《とが》めないで、雪ちゃんは驚いたように、それでもとても嬉しそうに言った。

「ううん。ひとり。帰り道に急に食べたくなったからさ」

言いながら、なんとなく居心地悪いような気になった。

「なにそれ？　朝日ちゃんはほんとに自由だねえ」

本当に自由になれたらどんなにいいか！

学校と家とを往復するだけの毎日を始めてもう何年になるだろ。あと何年、こんな生活が続くんだろ。考えると果てしなく気が遠くなる。早く自由になりたいよ。なににも干渉されない大人になって、気が済むまで自分のしたいことだけをするんだ。

したいことって、まだ特にないけど。これから見つける予定。

「朝日、帰ってるの？」

背後から名前を呼ばれて振り向くと、開けっ放しのドアの傍《かたわ》らにうんざりしたような顔のお母さんが立っていた。

「帰ってきたならただいまくらい言いなさい」

言ったよ。玄関先で。あと、雪ちゃんにも。

黙っているとお母さんがため息をついた。

「ごはんできてるからお父さんといっしょに食べなさい。お母さんと小雪はもう食べたから」

「いらない」

間髪いれずに答えた。お母さんの眉間にぐっと深い皺が刻まれたのには気づかないふりを決めこむ。

「食べてきた」

補足するみたいにつけたすと、お母さんの怒りの炎がみるみるうちに育っていくのを感じた。雪ちゃんには咎められなかったこと全部について、これから口うるさく言われるんだろうと思うとげんなりする。

だけどお母さんはなんにも言わなかった。言いたいこと全部を押し殺すような苦い顔をして、一言を放っただけだった。

「どうして朝日はいつもそうなの？」

小雪《こゆき》はいい子なのに——次に言おうとしてることが目に見えるようだよ。

雪ちゃんは本当にいい子だ。絵に描いたような、まさに〝いい子〟。優しく、まじめで、美しくて。雪ちゃんを好きにならない人なんか世界中にひとりだっていないね。昔からそうだった。雪ちゃんは完璧に生きてる。雪ちゃんの人生でたったひとつの誤算を挙げるとするなら、わたしみたいな妹を持ったことくらいかもしれないな。

「先にお風呂入っちゃったら？」

お母さんが去ったあとの、なんともいえない気持ち悪い空気に包まれた部屋で、雪ちゃんが遠慮がちに声を出した。困ったように眉を下げて笑う顔を見ていたら少しだけ申し訳ないような気持ちにもなった。

雪ちゃんみたいに完璧に生きていけたらどんなにいいだろう。雪ちゃんは、学校と家を往復するだけの毎日に飽き飽きしたことなんかきっとないんだろうな。わたしはそんなふうには生きていけないと思う。イイコにはなれないと思う。イイコになんかなってしまったら、たぶん、死んでしまうと思う。

「どうしてあんなふうになっちゃったんだろう」

バスタオルとパジャマを抱えて風呂場にむかう途中で、少しだけドアの開いたリビングから嘆きのような声が聞こえてきた。お母さんだ。続いて、お父さんの長い長い唸り声が聞こえた。

「小雪は反抗期もないのに……」

「まあ、いつか、なんとかなるさ」

なんとかなるって、すごいヤな言葉。ふたりの前に出ていって文句をぶつけてやろうかと思った。ぶつけてやればよかったって、湯船にぶくぶく沈みながら後悔した。なんとかなるって、なにさ。なにがどうなれば『なんとかなった』なのさ。

じゃあ、わたしは、どんなふうになればいいわけ？

朝日は小雪にはなれないよ。早く家を出たい。なんともならないくらい、めちゃめちゃになりたい。このままどこかへ行けちゃえばいいのにと思った。

摂氏四十二度の宇宙船は、わたしをどこへも連れていってくれない。


雪ちゃんの通う私立高の制服はとてもお洒落なデザインで、ダサいセーラー服を着て隣にならぶのはあんまり好きじゃない。雪ちゃんはいまわたしが通っている公立中学には行ってなかったので、このお葬式みたいな制服は着なかった。いわゆるお受験をして、そのままエスカレーター式で、いまの私立高校に通っている。

雪ちゃんの受験がうまくいったときはお母さんもお父さんもものすごく喜んだ。レベルの高い学校に合格した姉のことを、わたしも素直にすごいって思った。でも理解はできなかったよ。なんで、近くに中学校があるのに、わざわざ遠い学校を選ぶ必要があるの？

お父さんとお母さんはわたしも受験するのを期待していた。公立校に行くことを譲らなかったわたしに、ふたりは心底がっかりしていたな。

「いってきます！」

雪ちゃんは毎朝とても幸福そうに、ハツラツとして家を出ていく。ゆるく巻いた髪をふわりと弾ませながら笑った雪ちゃんの後ろ姿が、朝日の光を受けてきらっと輝いたのを見て、朝日って名前が雪ちゃんのものだったらよかったのにと思った。

「朝日、いつまでぼうっとしてるの？　そろそろ出ないと遅刻するんじゃないの？」

いま動こうとしていたところでそういうことを言われると本当にやる気が削《そ》がれるよ。なんで、そんなふうにしか物が言えないんだろ。お母さんはわたしのことをつんけんしてるって言うけど、そっくりそのまま言い返してやってもいい気がしてきた。

一年と少しを共に過ごしているスニーカーをすり減らしながらだらだら歩いた。毎日見ているつまんない風景はどこか色褪《あ》せて見えた。東京都《とうきょうと》のくせに緑いっぱいな田舎の坂道。雪ちゃんはいまごろ電車に揺られながら都会へ向かっているんだろう。

学校に行きたくないな。

家に帰りたくない。

高校に進学なんかしたくない。

お洒落な制服に憧れているわけじゃない。

都会に行きたいわけでもない。

わたしは、こんなちっぽけな場所で、なにをしているんだろう？　世界はどのくらい広くって、どんな形をしているの？　どんな色で彩《いろど》られているの？　どんな音が鳴っているの？

知らないうちに、学校とは反対の方向へむかって地面を蹴っていた。加速する。ぐんぐん、ぐんぐん、いつもの景色がいつもとは逆に流れていく。生ぬるい風が最高に気持ちよかった。七月の空はとても広くて青かった。

街のはずれにある小高い丘の存在を、十四年もここに住んでいたのにぜんぜん知らなかった。住み慣れた街を一望したときに変な優越感みたいなものがこみ上げて少し苦しかった。ちっぽけな自由のかけらを手にしたわたしは、なにかを発散するように意味もなく叫んだ。

朝日がまぶしい。わたしとおんなじ名前の白い光。

「うるさいなあ」

わたしの声よりずっと静かな声が、わたしの叫びよりずっと強く響いたのでびっくりした。振り向くと人が寝ていた。同年代くらいの男の子。ちょっと年上かもしれない。クラスの男子より少し大人びて見える彼は、眠たそうに目をこすりながら心底迷惑って感じにわたしを見上げた。

「すっきりしたいならカラオケ屋にでも行ってくんない」

この上なくめんどくさそうにしゃべる男の子だ。

「睡眠妨害」

芝生に黒いリュックを無造作に置き、それを枕にする。頭の下に敷かれたリュックはかわいそうなくらいぺしゃんこに潰されている。見たことのない制服だった。新緑の大地に抱かれる彼は、つまらない日常からかけ離れた特別な存在に見えた。

「ねえ」

二メートル向こうの彼に声をかけると、左目だけが半分ほど開いてじろりとわたしに視線を向けてくる。

「なにしてるの?」

「見たまんま」

「学校は?」

「いや、こっちの台詞だけど」

そりゃそうだ。なにも言えず黙ったわたしに、彼は意外にも少し笑った。左の口角のほうが高く上がる。

「きょう、天気いいからさ」

彼は唐突に言った。

「こんな日に学校行くなんてもったいないじゃん」

なに言ってるかわかんないよ。わかんなくて笑えた。弾《はじ》けるように、こぼれるように笑いがこみ上げたのは、なんだかものすごく久しぶりのことに感じた。

「そっちは？　中学生？」

「そうだよ」

「制服はやばいよ。補導されんじゃないの」

あんたにだけは言われたくないな。だけど、お母さんに言い返したいのとはぜんぜん違う感じで、変なの。

彼はむくりと上体を起こし、わたしをまじまじと見つめた。そしてふっと笑う。また、左の口角だけがきゅっと上がる。

「むずかしい顔してんね」

誰かの顔をそんなふうに形容する人に初めて出会ったよ。

「名前は？」

「朝日」

ふいに彼の腕がぐぐっと持ち上がって、まっすぐ太陽を指さす。

「あけぼの？」

いちいち言葉が変だよ。思わず笑って、うなずくと、彼は確かめるように「朝日ね」とくり返した。

「いい名前じゃんか」

「そんなことないよ。苗字と合わせると史上最低」

「なんで？」

ギャグみたいでサムいから、フルネームってあんまり人に言いたくない。

「北野《きたの》朝日」

芸人みたいって、小学校低学年のころクラスメートに言われたことがある。姉のほうは、北野小雪だなんて、どっかの女優みたいな名前なのにね。

「いいじゃん。絶対忘れられない名前って感じで」

針葉樹林のようにツンツンとがった直毛の黒髪を揺らして、彼は重さのない笑いをこぼした。少し長い前髪の向こう側の目はおもしろがっているようには見えなかった。

「その制服って、どこ中《ちゅう》だっけ？」

どこにでもありそうな何の変哲もないセーラー服は、紺色の生地に黒色のリボンで本当にお通夜みたいな色合いをしてる。学校名を伝えると彼は知らねえって顔をした。理由を聞いて驚いた。彼は、雪ちゃんと同じ私立高校に通っているというのだった。そういえば制服のデザインがよく似ている。チャコールグレーのタータンチェック。

「北野小雪って知ってる？」

興奮ぎみに訊ねたわたしに、彼もまた驚いたように目をまんまるに開く。

「北野さんの……」

「妹。そっちは？」

「クラスメート。ちなみに、ななめ前の席」

こんな偶然があるなんて！

なんだかドキドキする。家の外の世界で生きる雪ちゃんを知っている人に、雪ちゃんの知らないところで出会ってしまったよ。

「なんか、ぜんぜん似てないね」

相変わらずのゼログラビティな笑い。お母さんとお父さんに言われると最高にむかつくセリフなのに、どういうわけかむかつかなくて、不思議。

「雪ちゃんは学校でどんな感じ？」

ドキドキしながら訊ねた。雪ちゃんの知らないところでこんなことを聞くのは、雪ちゃんに悪いことをしている気になった。彼は考えるそぶりさえ見せずにさらっと答えた。

「アイドル。マドンナ。女神。そんな感じ。うちの学年の男の半分は北野さんのこと好きだよ」

統計はとっていないけど、と彼は冗談めかしてつけたす。

「じゃあ、好き？」

「なに？」

「雪ちゃんのこと、好き？」

「俺？」

ほんとに驚いたって顔。目の奥のほうが勘弁してくれって感じに笑っている。

「しゃべったこともないよ」

わたしから視線を外し、少し下に広がる街の風景に目をやりながら彼は答えた。変な答え。しゃべったことあるかどうかなんて聞いてないよ。それはつまり、好きじゃないってこと？

「なんでしゃべらないの？」

「さあ。べつに、話すこともないし」

それは圧倒的に正論で、わたしはそれ以上なにも聞くことができなくなってしまった。若く青々とした芝に腰かけたまま、ただならんでぼんやりした。時間が止まる。

目の前を風だけが通り過ぎてゆく。

　こうして見るとせまい街だった。似たような家が似たような配置で規則正しく並んでいる。朝日はいつのまにか朝日じゃなくなっていた。高く高く昇っていく太陽が朝の終わりを告げる。いったいどれだけのあいだ、ぼうっとしていたのかな。

　思い出したように隣を見ると、彼のほうもわたしを見ていたので小さく声を上げてしまった。

「ハングリーな横顔」

　彼はおかしそうにぽつんと言った。ぼけっとした頭に、その言葉はぜんぜん馴染んでくれなかった。突然チャコールグレーのズボンがすくっと立ち上がる。

「さて。俺はそろそろ学校行こうかな」

「いまさら？」

「五限の体育だけ出とかないと、たぶん進級マズイ」

「そんなに行ってないの？」

「出席はちゃんと数えてるよ。足りてたらそれでいい」

　ぺらぺらのリュックサックを無造作に右肩に引っかけた彼は、どこまでも自由に見えた。普通じゃないことをなんでもなさそうに話す口ぶりには清々しさすらあった。

彼の薄っぺらな体は、このまま風に乗ってどこかへ飛び立ってしまいそうだ。

「ねえ、学校が嫌いなの？」

ガキくさい質問をからかうように、彼は薄く笑った。

「どっちでもないよ。好きとか、嫌いとか、考えたこともない」

不思議な言葉を紡ぐ人。彼はたったひとりで生きているように見えた。あの広い空を飛びまわる鳥みたいに。突き抜けるような自由さで。


お母さんは顔を真っ赤にして怒った。玄関を開けた瞬間、まさか平手打ちがぶっ飛んでくるなんて思わなくって、さすがにびっくりした。目の前がチカチカする。頭がぐわんぐわんする。時間差で、左の頬がじくじく痛い。

「学校に行かないでどこに行ってたのか言いなさい！」

ぶん殴られたあとにその大声はキツイよ。頭にガンガン響くんだよ。

「黙ってないでなにか言いなさい！」

わたしがなにか言ったってどうせ怒るだけのくせに。

「聞いてるの!?　学校から連絡があったよ！　警察にも行こうかって先生と話したんだよ！」

大げさだな。ちょっと、サボっただけじゃん。いちいちうるさいよ。

襲いくる怒りの波をすり抜けて階段を駆け上がった。これでもかってくらいデカい音をたてて。足音の合間にお母さんの怒号がギャンギャン聞こえたけど、知らない。一歩を上るたびに雪ちゃんのピアノが近づいてくる。ブラームス。ほろ苦い音色。なぜか、泣きそうになる。

「おかえり、朝日ちゃん。大変だったみたいだね」

部屋に入るなり雪ちゃんがわたしを振り返った。むすっとした顔を解除できないわたしを見て、姉はおかしそうに笑った。

「サボっちゃったの？　ダメだよ。学校嫌いなのはわかるけどね」

雪ちゃんにはわかんないさ。心の中だけでつぶやいて鞄を放っぽり投げる。

「お母さん、ほんとに心配してたよ」

「そんなわけないじゃん」

思わず鼻で笑い、重たいセーラー服を脱ぎ捨てた。制服は嫌いだ。大嫌いだ。どうしてTシャツと短パンで学校に行ったらダメなの？

「ねえ、学校サボるってどんな感じ？」

無邪気な子どものように目を輝かせた雪ちゃんが、少し声をひそめて言った。うんと幼い少女のようなまなざしは宝石みたいにきらきらしていて、目を合わせるのはほんとにきつかった。

「べつに、普通」

「普通じゃないよ。学校サボるなんて、普通の子はできないよ。朝日ちゃんはすごいよ」

こんなことでスゴイと言われてもぜんぜん嬉しくないや。毎日幸せそうに学校通ってる雪ちゃんのほうが一億倍すごい。

「雪ちゃんのクラスにもいるんでしょう?」

少女のような姉がこてんと首をかしげた。その顔を見ながら、今朝会ったばかりのあの人のことを考えていた。結局あれから学校には行けたんだろうか。体育の授業には間に合ったかな。

「サボり魔。男の子の……」

「立川《たちかわ》くん?」

「名前は知らないけど」

そういや名前、聞き忘れてた。

「立川陽斗《はると》くん」

タチカワハルトという響きが、雪ちゃんの澄んだ声を通じて体の真ん中に落ちてくるみたいだった。雪ちゃんのピアノを聴いているときみたいにぎゅっと苦しくなる。

雪ちゃんはその名前を、なぜだかとても大切そうに口にしたんだ。

「たまたま会ったんだよ。丘の上に登ったら寝ててさ。やばいやつかと思ったよ」

なぜか言い訳みたくなる。雪ちゃんはいつのまにかピアノに向き直っていた。

「朝日ちゃんに少し似てるよ」

美しい右の中指がミのフラットをぽろんと押しこむ。

「立川くん。雰囲気がね、独特で。しゃべったことはないんだけど」

唐突にブラームスのピアノ曲が始まった。心地よい、甘い、甘い、三拍子。そう、これは――愛のワルツ。

ゆったりとしたメロディーを雪ちゃんは丁寧になぞりあげた。和音ばかりで構成された短い曲を、永久に聴いていたいと思った。


翌日、お母さんにガミガミ言われるのはもうまっぴらなので、仕方なく学校に行った。担任と学年主任にわざわざ呼び出されていろいろ言われた。みっちり一時間。あんまりやってられなかったので帰りに丘へ寄った。立川陽斗はいなかった。想像以上に残念に思っている自分に、びっくり。

このまま帰っちゃうのはなんだかシャクで、ふかふかの芝生にごろんと寝そべると、頭のあたりがちくちく痛かった。芝生ってけっこう硬いんだね。学校指定の白い鞄を頭の下に敷く。けっこう、いい枕になる。

夕焼けが街を赤く染めている。夜になりかけた東側の空の紺色と混ざりあって、オレンジと赤とピンクのあいだみたいな色をしてる。

不安になるくらい曖昧な世界だった。なんとなく、空に手を伸ばした。こんなに近いのにあまりにも遠い。自由に、自由に、なりたい。

「また来てんの？」

まぬけに空を掻くわたしを見下ろしていたのは、いままさになりたいと思っていた人だった。

立川陽斗はわたしの隣に音もなく腰かけ、形の崩れた黒いリュックからチョコレートのお菓子を取りだした。いっしょに食べようって差し出されたそれは、初夏の暑さに溶けかけていた。一日中リュックの中に入れてたの忘れてたって、彼はとぼけきった口調で言う。

「きょうは学校行った？」

彼から、答えを求めてなさそうなくらいの軽い質問。

「行ったよ。そっちは？」

「行った」

おかしな確認のしあい。

「北野さんとしゃべったよ」

いきなり言われて、飲みこんだはずのチョコレートが変な方向へ入っていく。痛いくらいの甘さが喉に引っかかって噎《む》せそうになった。

「ほとんど、朝日の話」

薄っぺらいくちびるがくつくつ笑う。

「北野さんって『朝日ちゃん』しか言わないのな」

このまま地面に埋まりたい気分になった。雪ちゃんは、どんなふうに、誰かにわたしの話をするんだろう？　猛烈に知りたくて、絶対に知りたくない。

「姉妹っていいね」

ぜんぜんいいもんじゃない。言いかけて踏みとどまる。だってわたしには、きっと雪ちゃんがいてくれてよかった。絶対よかった。

姉妹って、けっこういいよ。しみじみと思って泣きそうになった。雪ちゃんのことを大好きだと思う気持ち、生まれてから一瞬だってなくしてない。

夏休みは死ぬほど暇だった。学校が大嫌いなのに、学校に行く以外にすることがないとこんなにも手持ち無沙汰なんだって思い知らされているようで、むかむかした。

夏休みに入っても雪ちゃんは毎日のようにどこかへ出かけている。学校の夏期講習、ピアノのレッスン、友達との遠出、エトセトラ。家には専業主婦のお母さんと暇な中学生のわたしだけが取り残されて最悪の空気だよ。ふたりでつつくそうめんは信じられないほど減らない。一本ずつちょろちょろ食べるわたしに、目の前に座るお母さんがイラついているのがわかって、もっと食欲がなくなる。

朝日は友達と遊びに行かないのかって、たぶんこの一週間で三十回は聞かれてる。クラスの女子は人の悪口と恋のことしか話さないから好きになれない。友達ってあんまりピンとこないよ。わたしは、本当に気の合う子としかつきあいたくない。

そういう意味でいまいちばん気の合う人は陽斗で間違いなかった。あの丘にはたまに遊びに行っている。陽斗はいたり、いなかったりする。いてもいなくてもどっちだってよかった。陽斗との約束のない気楽さがわたしにはとても心地いいんだ。

「サルスベリの木の別名知ってる?」

丘のはずれにひょろりと伸びている一本の木を指さしながら、陽斗はいきなり言った。美しい赤い花を咲かせているあの木、サルスベリというのか。陽斗はいつもとりとめのない話をする。おかしな豆知識をいっぱい持ってる。嘘か本当かもわからない、ふわふわとした軽い言葉を適当に受け流すのが、わたしはけっこう好き。

「知らない。なに?」

「ヒャクジツコウ」

聞いたこともない単語が飛びだした。陽斗の指先が空をなぞるように百と日と紅の字を書いた。

ヒャクジツコウは、百日紅と書くらしい。

「名前って大事だよ」

陽斗はしみじみ言った。

「あんなきれいな花を咲かせる木を、サルスベリなんてダサい名前で呼ぶのはよくないと思う」

あの木の命名に携《たずさ》わった偉い人みんなを全否定するような発言。しょうもなさすぎて笑っちゃった。サルスベリだろうがヒャクジツコウだろうが、きっとあの木には知ったこっちゃないよ。

「朝日には『朝日』がよく似合う」

陽斗はわけのわからないことをいきなり、本当になんの脈絡もなく言った。

まぬけにぽかんとしてしまった。陽斗の左の口角がきゅっと持ち上がる。切れ長の目の奥が笑う。

「お姉さんのほうも」

いつからか陽斗は、雪ちゃんのことをわたしの前でお姉さんと呼ぶようになった。

それにはなにか意味があるのかもしれないし、ないのかもしれない。訊《たず》ねる勇気はどうしても持てない。

「太陽も、雪も、空にある。空の似合う姉妹だよ。強烈な光で世界を照らす朝日と、ちろちろ降りそそいで街を飾る小雪。いい名前をつける親御さんだなってほんとに思うよ」

苗字が北野じゃなかったら、わたしだってきっともっと好きになっていた。朝日という名前。目覚めてすぐにカーテンを開けたら必ず出迎えてくれる白い光が、本当はとても好きだから。

太陽は北に昇らない。わたしは絶対に輝くことのできない、かわいそうな太陽だ。思わず空に手を伸ばした。あの光をつかんで引っぱってポケットにしまいたい。あの光につかまれて引っぱられてこの世界中を見下ろしたい。陽斗ならそんなことくらい簡単にできてしまいそうな気がした。ゼロ・グラビティの男。

「陽斗は変なことばっかり言うね」

こみ上がるいろんな気持ちを押し殺すようにわたしは言った。

「ずっと、陽斗の変な話だけを聞いてたいな」

陽斗は薄く笑った。

「褒められてる気がしないから嫌だ」

いつのまにか夏休みは折り返しまできていた。家にいるだけの日々があと半分で終わると思うとほっとしたし、二週間もしたら学校へ行かなければならないと思うとぞっとした。

唐突に雪ちゃんのピアノを聴きたくなった。ブラームスじゃなく、本当はわたしはショパンが好きなんだと言ったら、雪ちゃんはどんな曲を弾いてくれるかな。


いまわたしの世界を構成しているのは、雪ちゃんのピアノと陽斗の変な話で、そのふたつがくっついてわたしの傍に来てくれたらそれってものすごく最高なことだと思っていた。本当にそう思っていた。

思春期を迎えているのに姉妹で同じ部屋を使うのなんてやっぱり間違ってる。見なくていいものまで見えてしまう。雪ちゃんの机の上に無造作に置かれた数学のノートに陽斗の名前が書かれているのを見て、受けるはずのないショックを受けたことが、たぶんいちばんショックだった。

思わず手に取ってぺらぺらめくる。いちばん新しい日付はおとといになっていた。おとといは、夏休みでしょ。ふたりは夏休みにも顔を合わせているのだとすぐに理解した。約束をして会っているのかもしれない。おととい、雪ちゃんは何と言って家を出たかな? 陽斗はどうしてわたしの前で雪ちゃんのことを他人行儀に『お姉さん』と呼ぶんだろう?

考え始めたらキリがなかった。陽斗のやる気のない薄い字がへろへろとノートの上を動きだす。

「朝日ちゃん、それっ」

小さな絶叫が聞こえて弾かれたように振り返ると、ドアにしがみつくようにして雪ちゃんが立っていた。真っ青で真っ赤な顔というのをわたしは初めて見た。たぶん、かなりマズイことをしちゃった。

黙ったまま、思わずノートを差しだした。雪ちゃんもなんにも言わないで受け取った。水色のノートをぎゅうぎゅう鞄に突っこむうしろ姿はいつもの姉とはまるで別人に見えて、なんだかものすごい恐怖を覚えた。

きっと雪ちゃんは陽斗をどこかへ連れ去ってしまう。

同じように、陽斗は雪ちゃんをどこかへ連れ去ってしまうんだろう。

すごくすごく怖くなった。大切なふたつの世界は、くっついたらきっと最強で、無敵で、だけど簡単にわたしの前から消えてしまうのかもしれない。

「大事な話がある」

唐揚げがこんもり盛られた大皿のむこうで、お父さんがいつにもなく真剣な顔をして言った。香ばしいニンニクのにおいにあんまり似合わなくてコッチは変な顔になってしまう。伸ばしかけていた箸を思わず引っこめる。

「大阪《おおさか》に転勤が決まった」

頭の中にへたくそな日本地図を描いた。大阪が見つからない。東京からだととにかく遠いところだってことくらいは、なんとなく理解できるけど。行ったことのない土地だ。テレビで観光地が紹介されてるのを何度か見たくらいの知識。大阪は、そういう場所だった。

「単身赴任も考えたが、やっぱりおまえたちも連れていくことにした。急な話ですまない」

ぽとりと唐揚げを落としたのは雪ちゃんだ。床をころころ転がっていくそれはフローリングに油の足跡をつくっていった。

「いつなの？」

いつまでも黙りこくっている雪ちゃんのかわりにわたしは聞いた。

「できるだけ早く引越しも済ませたいと思ってる。夏のうちか、初秋あたりには」

あんまり急な話で頭がついていかない。なにがどうなって、そんなことになっちゃったわけ？　お父さん、会社でなにかとんでもないことでもやっちゃったの？

こういうときに子どもであることを心底面倒に思う。だってわたしたち、完全に巻きこまれただけだよ。しなくてもいい引越しの準備をして、しなくてもいい転校をして。雪ちゃんがかわいそうだよ。お父さんとお母さんに期待されて受けた中学受験は、決して容易じゃなかったはずだ。

テーブルを挟んで喧嘩になりかけた。単身赴任でなにがダメなんだって訊ねたわたしに、怒ったのはお母さんだった。なんで、お母さんが怒るわけ。なんでわたしに怒るわけ。わたしは、なんの相談も連絡もなく勝手に辞令を受けたお父さんと話がしたいんだ。

心臓と胃の真ん中がむかむかして唐揚げなんか喉を通らない。それは雪ちゃんも同じみたいだった。雪ちゃんは、むかむかしているわけじゃなく、完全に動揺しているという感じ。夕食にひとくちも手を付けずふらふらと自室に戻った雪ちゃんは、一日も欠かさずさわっているピアノを弾かないで、倒れこむようにベッドに横になった。

「ねえ、大丈夫？」

わたしに背を向けたまま、雪ちゃんは二度うなずいた。淡いピンク色の枕に薄茶色の猫毛が泳ぐ。とても切ない波。

「陽斗には……雪ちゃんから言えば？」

いやらしくてずるいことを言ったな、とすぐに自覚して、後悔が胸のど真ん中に渦を巻く。詮索するような台詞だった。妹として、女として、最低。

少しの沈黙が姉妹のあいだに落ちる。そろそろなにか言わないと、と思ったところで、口を開いたのは雪ちゃんのほうだった。

「朝日ちゃんが言って」

ひび割れたような声。雪ちゃんじゃないみたい。

「お願い」

いつも穏やかに微笑んでいる姉の声は少し震えていた。もしかしたら泣いているのかもしれないな。

「それで、いいの？」

わたしは本当に救いようのない、バカな妹だなって思うよ。優しく寄り添って慰めるということがどうしてもできない。かわりに口をついて出たのは、健気《けなげ》に泣く姉を責めたてるような言葉だった。

「ほんとにいいの？　ねえ、なんにも言わなくていいの？　わたしが言っていいの？」

雪ちゃんは頑として答えない。静かに鼻をすする音がうっとうしくてしょうがないよ。だから止まらない。止めたいのに。なんか言いなよ。言い返してよ。たまには雪ちゃんと、真っ正面から喧嘩がしたいよ。

「いいわけないっ」

動こうともしない背中にむかって怒鳴りつけた。

とうとう雪ちゃんは最後までなにも言わなかった。むかついて、むかついてむかついて、この空間に一秒でも長くいたくなくて部屋を飛び出したとたん、ナチュラルブラウンのドア越しに嗚咽する声が聞こえてきた。

「ばっかじゃないっ」

その場で絶叫した。感情のやり場がなかった。

「わたしはわたしのお別れをしてくるから。わたしは、雪ちゃんと違って臆病者じゃないから！」

こんなふうに、雪ちゃんに対してメタクソに暴言を吐いたのは生まれて初めてだった。心がちぎれそうに痛かった。

部屋着のまま飛びだした夜空の下は、思ったよりも肌寒くてどこか冷静になってしまう。いろいろ、情けなく後悔しかける。それでも後戻りするわけにはいかなかった。めちゃめちゃな啖呵《たんか》をきって飛びだしてきたんだ。朝まで帰らないくらいの覚悟だ。


向かう先はひとつしか思い浮かばなかった。丘に登って広がる景色を見下ろすと、街は色とりどりに輝いていた。夜にここへ来るのは初めてだ。昼間とはまた違った静けさがある。しんしんと降り積もっていく静寂に埋もれてしまわないよう、わたしは突っ立ったまま住み慣れた街を見下ろしていた。

　当たり前だけど陽斗の姿はなかった。まさかいると思ってはいなかったけど、ここで会える奇跡みたいなものを多少、心のどこかで期待してたかも。

　朝まで待とう。彼が来るまで、いつまでも待っていよう。明日でも明後日でもいい。それはさすがに現実的じゃないかな？

　サルスベリの花は昼間と違って赤い花をつけていなかった。太陽の光がないと、花は黒く咲くのだと知った。幹から伸びる枝がおばけみたいな形をしてる。これじゃヒャクジツコウなんてかっこいい名前は似合わないよ。陽斗の好きな〝ヒャクジツコウ〟、いまだに漢字がすぐには出てこない。

「なにしてんの」

　いきなり背後から声をかけられて、思わずひゃっと声が出た。聞き覚えのある声に振り返ったら陽斗がいた。なんで？　なんで？　こんな時間に。

「お姉さんから連絡きたよ。朝日が出てったからなんとかしてくれって」

　わたしが質問する前に陽斗は答えを言った。

「俺に会いに出てきたってほんと？」

肩をすくめておどけたように笑う。冗談だろって顔だった。冗談じゃないから、答えに困った。

「お姉さんと喧嘩でもした?」

半分、正解。いきなりドンピシャで言い当てられて、悔しくて嬉しくて、視界がぐにゃっとゆがんだ。

「めずらしいね」

姉妹喧嘩のことを言われているのか、みっともなく泣いてしまってることを言われているのか、どっちなのかわからない。それとも、どっちものことを言われているのかもしれない。

「雪ちゃん、雪ちゃんって、ばかなの。むかつくっ」

陽斗は無重力に笑う。わたしは情けなくて死にたくなる。

「お父さんの転勤が決まった。大阪。引越すことになった」

手のひらで乱暴に涙を拭きながら伝えた。陽斗は少し驚いたように切れ長の目を開き、それからすうっと細めた。

「遠いところだな」

「もちろん雪ちゃんもいっしょに行くよ。夏のうちか秋のはじめに引越すって、もうほんとに、会えないよ」

陽斗はかすかに空気を揺するように笑った。ふたつ年下のガキにとっての大問題は、自分にとってはたいした問題でもないってふうに。

「朝日はやっぱり、朝日みたいだよ」

なんでいまそんなことを言うのさ。

「真っすぐ世界を照らす朝日だよ。いい名前じゃん。大切にしろよ」

ずっと自分の名前が嫌いだった。冗談みたいな笑えない名前を恥じていた。生まれた朝に朝日がまばゆいくらい輝いてたから——なんて能天気な説明をお母さんから聞いたときはほんとに頭にきた。

だけど、そうじゃなかったのかもしれない。本当はもっと、もっと、違う思いがあったのかもしれない。聞いてみないとわからない。いつか聞いてみてもいいんじゃないかって、ほんの少しだけ思った。

「陽斗、ねえ、ありがとう」

すごいまじめに言ったのに、言われた本人はプッと吹きだすんだからな。

「なんか、お別れみたいな台詞」

「お別れでしょう」

「お別れじゃないよ」

お別れじゃないの？

「朝日はどこに行ったって大丈夫」

陽斗はなんの根拠もないことを言った。だけど、陽斗自身が根拠そのもののような気がして、わたしは変に納得してしまった。

「学校にはちゃんと行けよ」

冗談めかして笑う。嘘みたいな、本当みたいな、陽斗の軽い言葉が好き。この言葉の傍《そば》にいたらわたしも同じように自由になれる気がしていた。そう、いつまでも傍にいられると、無邪気なガキみたいに信じきっていたよ。

陽斗は雪ちゃんのことをなにも言わない。聞いてもこない。それが全部、わたしがずっと聞きたくて聞けないでいることの答えなのかもしれない。

「雪ちゃんのことが好き?」

出会った日と同じ質問をしたわたしに、陽斗も同じように笑った。

「ろくに話したこともなかったころよりは」

陽斗の答えはいつだってピントがぼけている。

「どこにも連れていかないでね。雪ちゃんのこと、遠くへ連れ去ったりしないでね」

幼い子どもみたいなことを言った。また陽斗は笑うんだろうと思ったけど、言わずにはいられなかった。

陽斗は笑わない。

「朝日のお姉さんは、朝日のことを大好きだからさ」

そして言った。いつもより少しだけまじめなトーンで。だけどやっぱり、独特の軽さで。

「朝日もお姉さんが大好きだろう?」

ウンともウウンとも、わたしは答えなかった。簡単に口にできてしまえるような気持ちではなかった。

雪ちゃんに対する気持ち、ごうごうと燃えるマグマのような気持ちは、いつも獰猛な生き物みたいに暴れてわたしの体じゅうを支配する。

雪ちゃんが好きだよ。泣きたいくらい。怒りたいくらい。

大嫌いなものであふれかえった世界に、たったひとつの大好きがあるという奇跡は、こんなにも不安で、こんなにも幸福なことなんだって、わたしはいままでずっと知らなかったんだ。

坂の上のショパン弾き

どこで見る桜も同じ桃色をしてるってこと、ここに来るまで心のどっかで信じていなかった。中学三年に上がった春、そう、大阪で迎える初めての春、頭上に咲く満開の桜を見てわたしはほんとに感動したんだ。お別れじゃないと言った陽斗の言葉がどうしてか急激によみがえって、変に泣きそうになった。

新しい中学は、いままで通っていた中学と同じくらい好きじゃなかった。

お父さんとお母さんと喧嘩して仕方なく入った高校も、まだ好きになれないままだ。

高校は中学と違って無駄な遊具がなにもない。殺風景な校庭を彩る桜だけが風に揺られているのを、わたしはぼんやりと眺めていた。高校二年生になった。中学二年生から、なんにも変わってないよ。


帰宅すると、リビングにはこの春から大学生活を始めた姉しかいなかった。午前中の授業のみを終えていったん帰ってきたらしい雪ちゃんは、ふたたび出かける準備をしていた。

「雪ちゃんだけ？」

引越してきてようやくできた自分だけの部屋に、スクバを投げ入れながら訊ねる。雪ちゃんは小ぶりなハートのイヤリングを耳たぶにパチンと挟みながら、鏡越しにわたしに視線を向けた。

「うん。お母さん、きょうは陶芸の日だって」

玄関に並べてある統一感のない皿がまた増えるのかと思うとうんざりしたような気分になる。どうせなら使えばいいのに、飾っておくのはお母さん的に譲れないポイントらしい。ぜんっぜん理解できない。

「どっか行くの？」

「うん。夜ごはんはいらないってお母さんに言っといてくれる？」

雪ちゃんにそんなことを言われるのは初めてだったので驚いた。

「これからレッスンで、そのままピアノの先生とごはん食べてこようと思うから」

こういうことが重なるたびに、雪ちゃんは大学生になったのだと実感する。大学生はいいな。見ているだけで自由な感じがする。好きな時間に学校へ行って、好きな時間に帰ってきて、好きなように生活してる。誰かに決められた日常じゃない、自分で決めた日常。

「わかった」

わたしは簡単に答えた。雪ちゃんも簡単にありがとうと言うと、弾むように出かけていった。パステルイエローのブラウスがまぶしくて、中学のときよりずっとお洒落なデザインのブレザーの制服を一刻も早く脱ぎたくなった。

雪ちゃんは当然のように音楽大学を選んで進学した。ピアニストになりたいのかと何気なく訊ねたら、プロの奏者になりたいわけではないと言われた。ただ、ずっとピアノの傍にいたいって。どんな形でもいいからこの楽器といっしょに生きていきたいんだと言われたとき、とてもとても幸福な気持ちになったよ。わたしはそんな雪ちゃんの傍にずっといたいと思った。

東京の一軒家に帰りたくなる瞬間がいまでもたまにある。大阪に来てからずっと過ごしているこのマンションは狭すぎて、雪ちゃんが大切にしていたアップライトピアノを置けなかったんだな。あのピアノは売りに出した。雪ちゃんは、少しだけ泣いていた。

雪ちゃんは家の外でしかピアノを弾くことができなくなった。高校時代は近くのピアノ教室、大学に入ってからは学校のレッスン室。そういうわけで、わたしが雪ちゃんの音楽を耳にする機会は格段に減った。まさか、ピアノを弾かないわたしがチョロチョロついていくわけにもいかないし。

　ひとりですることもないので外に出た。天気がよかった。突き抜けるような青を隠す雲はひとつも浮かんでいなくて最高だった。Ｔシャツに短パンというラフな格好も良い。雪ちゃんの着るブラウスは好きだけど、自分で着たいとは一度も思ったことがないな。

　マンションを出てすぐの坂道は、あの丘へ伸びる坂道とよく似てる。陽斗はいまでもあそこに通っていたりするのかな？　高校を卒業して、なにをしているんだろう。その前に、ちゃんと卒業はできてるのかな。出席日数の数え間違いをしたりしてないかな。

　坂道は下るよりも上るほうがずっと好きだ。少し上がったところに大きな公園があって、今年も視界を覆ってしまうほどの桜がいっぱいいっぱいに咲いている。去年、わたしはこの光景を見て感動したんだ。

　青色と桃色の絶妙なコントラストは本当に見事だった。しばらくぼけっと見とれて、口の中に桜の花びらが舞いこんできたのに驚いてやっと現実に帰ってきたとき、わたしはようやくその〝音〟に気が付いたのだった。

　小さくともはっきりした音だった。間違いなくピアノの音色だった。

　ショパンだ――と気づいて鳥肌が立った。『パガニーニの思い出』というあまりポピュラーではない曲を、まさかこんなふうに偶然に耳にするとは思っていなかった。

このピアニストはきっと、いままさに誰かに演奏を聴かせているのだろうと勝手に想像してしまう。そういう音だよ。自分のために奏でるのと、誰かのために奏でるのとでは、音楽ってぜんぜん違う。

とても女性らしいピアノだった。色素の薄い、線の細い、儚げなピアニストを思い浮かべた。彼女は一音も外すことなく完璧に最終小節までを終えた。とても、この上なく、甘い甘い音楽だった。切なさや愛しさ、寂しさを凝縮した甘さは、ホットミルクティーを飲み終えたときのような優しい余韻をわたしの中に残した。


彼女はその後もずっとピアノを弾いた。ひとつひとつをまるで宝物みたいな音で、なぜかショパンばかりを丁寧に弾き上げた。

リサイタルが終わるころには太陽はどっぷり地平線に沈み、青かったはずの空は紺色に変わってしまっていた。あわてて坂道を下る。帰宅途中のサラリーマンとすれ違うたび、しまったなぁと思う。

「雪ちゃんごはんいらないって」

でかいフライパンで大量の餃子をじゅうじゅう焼くお母さんの目が、ぎろりとわたしを振り返る。

「外で食べてくるって。ピアノの先生とだって」

「どうしてもっと早く言わないの？」

むかっとしたので返事はしなかった。文句なら雪ちゃんに言えばいいのに。どうして自分で言わないの？　ってさ。

「朝日はいつも黙りこむね」

なにを言ったって怒るからじゃん。

お母さんとは些細なことでいつも喧嘩になる。わたしが負けるまでぜったい終わらない喧嘩だから、しゃべればしゃべるほどむなしくってバカバカしい気持ちになる。この家ではいつもわたしが悪者だ。いつだって、わたしがいちばん弱い。

「きょうもどこかふらついてたみたいだけど、課題はちゃんとやったの？」

無視して部屋に閉じこもった。雪ちゃんのブラームスは、今夜もわたしを癒してくれない。


新学期が始まって一週間経つころには、もう桜はほとんど散ってしまっていた。さんざん愛でられたあとで地面に落ちて踏まれるだけのピンクの花びらは、あんまり哀れで、嫌い。

「片瀬《かたせ》さーん。ごめんやけど掃除かわってくれへん?」

片瀬杏子《きょうこ》は、出席番号でわたしの前に座っている、うちのクラスの委員長だ。重たい真っ黒のロングヘアに細い銀ブチの眼鏡をかけている彼女は、言動のひとつとっても鈍くさくて、たった一週間のうちに浮いた存在になった。押しつけられるみたいに委員長にされたことだってクラスメートならみんな知っている。わたしはよく知らなかったけど、去年のクラスでもだいたいそんな感じだったらしい。あだ名は、お荷物ちゃん。最低。

クラスでいちばん派手な女子グループの子たち数人に囲まれて、片瀬さんはおどおどしながらほうきとちりとりを受け取った。茶髪の女子が短すぎるスカートを翻《ひるがえ》しながら笑う。悪意のない笑みはいちばんタチ悪いよ。

「ありがとっ。助かるわぁ」

片瀬さんは笑みのようなものを力なく顔面に貼りつけた。あんまり情けない顔で、イライラした。

「ほな、またあしたね」

「うん……またあした」

決して対等ではない挨拶が交わされる教室はとても異様な場所に思える。一度できあがってしまったパワーバランスというものは簡単には覆らない。片瀬さんは、このまま一年間ずっと最弱の場所で生きていかなければならないのだろう。もしかしたら卒業するまで。わたしが家族の中でいちばん弱い存在であるのと同じに。

黙って教室を出た。ドアをくぐるとき、片瀬さんと目が合ったけど、知らないふりをした。わたしは、闘う姿勢のないやつは嫌いだった。

下駄箱には例の彼女たちがたむろしていた。それぞれがそれぞれの用事でケータイをさわりながら、いま目の前にいる人間のことなどどうでもよさそうなトーンで会話してる。気持ち悪い光景。

「これからどうする？」

「アイス食べたいなあ」

「あっ、新作のフレーバー出てんて！　告知でてるわ」

こいつらは、たいした用もないのに掃除を片瀬さんに押し付けて、感謝の気持ちすら微塵も見せずに笑っていやがるんだ。

これは厳密に言うといじめじゃなかった。片瀬さんがクラスで〝そういう存在〟なだけ。彼女たちはそれに対してなんの疑問も抱いていないだけ。

いままさに目の前に広がる理不尽に吐き気がした。宙に浮いた会話のついでみたいに「北野さんバイバーイ」と言われて、ひとりずつ上履きを投げつけてやろうかと思った。

気づけば来た道を引き返していた。誰もいなくなった静かな教室で、片瀬さんは黙々と掃除をしていた。ひとりぼっちで。ぜんぜん悲しそうでもなく。淡々と、決められた自分の運命を咀嚼しているかのように。

「なんか言いなよ」

わたしはいきなり言った。片瀬さんは驚いたように視線をがばりと持ち上げて、長いあいだわたしの顔を見つめていた。

「嫌なら嫌って言いなよ。言わなきゃ変わんないよ。ずっと、一年間、あいつらのかわりに掃除させられるんだ」

ほうきを握る手にぐっと力がこもったのがわかった。関節が白く浮き出ている。なんだ、そんなふうに強くこぶしを握れるんじゃないか。

「北野さんは、強いねんな」

それでも片瀬さんは弱々しい声で言った。

「そんなん言うてくれたの、北野さんが初めて」

分厚い眼鏡の奥の瞳がへにゃりとゆがむ。泣くんじゃないかと思って構えたけど、片瀬さんは泣かなかった。

「わざわざそれ言うために戻ってきてくれたん?」

絶対にうなずかない。

「わたしが文句言ったって意味ないから」

かわりにわたしは答えた。

「ありがとう」

と、片瀬さんは言った。それはファイティングポーズでなく、現状維持を選択するという言い方だった。どうしても許せなかった。そのまま一生黙って掃除してろと思った。こんなやつのためにあいつらに文句なんか言ってやらなくてよかったと、心から思った。

今度こそ本当に教室を出た。下駄箱に彼女たちの姿はもうなかった。夕焼けが赤い。無性にあの丘へ行きたかった。赤い花の下で、陽斗とくだらない話をしたかった。


ショパンはきょうも鳴っていた。あの坂道の上。夕食を食べ終わって、なんとなく部屋にいるのがしんどくて、夜の空気に触れるために家を飛びだしたんだ。ショパンのよく似合う、月明かりがとても美しい夜だった。

公園のブランコに腰かける。ゆらゆら、前後に揺れていると、ピアノ旋律がもっと澄みきった音で鼓膜にさわってくるような気がする。

そのピアニストはきょうもやっぱり『パガニーニの思い出』を弾いた。彼女の弾くショパンの中でいちばん好きな曲だ。勝手に〝彼女〟とか言って、男だったらどうしようね？

毎日聴きたいピアノだった。雪ちゃんのブラームスよりも好きだと思える音楽に、わたしはたぶん、生まれて初めて出会った。

クラスメートの清見蓮におかしな癖があるということを知ったのは、席替えがあって、彼がわたしのななめ前の席になったとき。

清見には指先を動かす癖がある。教科書を読みこむときは右の指が動き、板書のときは左の指が動く。一定のリズムを崩さずに行われているそれは、ピアノの鍵盤をたたく動きによく似ていた。気づけばいつも清見の指先を目で追ってしまう。きれいな指先をしている。あれは、ピアノを弾く人の手だ。

清見と話をしたことは一度もない。席替えする前は出席番号で前後の席に座っていたけど、プリントをまわすとき以外に振り返ったことはないし。清見がわたしに話しかけてくることもなかったし。

清見がピアノを弾くという話は一度も聞いたことがなかった。音楽の授業でも、清見はピアノに対してまるで他人事みたいな態度をとった。とても不思議だった。聞いてみようかな。ピアノ弾くの？　って。聞いて、なんになるんだろ。だからなんだって話だよ。興味本位でそんなことを聞けるほど仲良くもないし。

五月のなかばにある球技大会のチーム決めはけっこうスムーズにいった。仲良くなりかけているクラスが、ほどよくまとまりながら、少し遠慮しながら決まっていくチームメンバーは、どこもなかなかに均等で平等だ。

「なあ、俺、バスケで出たらあかん？　どうしてもあかん？」

教室の前半分で男子が、うしろ半分で女子が、それぞれチーム決めをしてる。黒板の前に群がっている男子の中から、清見の声がぽんと届いた。思わず視線を向けてしまう。清見の指は、動いていなかった。

「アカン言うてるやん。蓮はバスケ部やねんから」

「そんなん黙ってたらわからへんって」

「アホか。バレたら俺が怒られるんじゃ」

体育委員の男子と喧嘩みたいな冗談みたいな言い合い。所属の部活が種目にある場合は、部員はその競技に出場してはいけないルールになっている。バスケ部の清見は、結局バレーのところに名前を書かれて、あからさまにしゅんとしてた。ガキみたいな顔。バスケ、上手いのかな？

「――これ片瀬さん余ってまわへん？」

女子の輪の中で誰かが声を上げた。こっちもまだ話し合いが終わっていなかったことを思い出し、意識を戻すと、輪の端っこで目立たないように縮こまっているひとりに全員の視線が集まっていた。

誰もなんにも言わない。困ったような顔を浮かべ、誰かが自分のチームに〝お荷物ちゃん〟を引き入れてくれるのを待っているだけ。すごい嫌な時間だよ。

「片瀬さんはどこのチームに入りたいの？」

わたしは聞いた。全員の視線が今度はわたしのほうへ集まってくる。

「わたしは」

片瀬さんは心から申し訳なさそうに口を開いた。

「どこでも、みんなの迷惑にならへんとこなら……」

聞いたわたしがバカだったよ。聞くんじゃなかったよ。

「じゃあ球技大会の日は来ないで」

片瀬さん以外の全員がぎょっとしたのがわかった。わたしはまっすぐ片瀬さんをにらみつけた。片瀬さんは怯えたような目をしてた。みんなが口々に片瀬さんを庇《かば》い始めた。そんなふうに言わんでも、だって。

「だったらアンタのとこのチームに入れてあげなよ」

わたしが言うと、いちばん最初に片瀬さんを庇った子は黙った。

「ほんなら北野さんとこのチームに入れたったらええやん」

今度は別の誰かが怒ったように早口で言った。

「『どこでもいい』なんて言うやつといっしょにやりたくないよ」

「なんやねんそれ。ちょっと自分勝手すぎひん？」

「結局チームに入れるつもりのないやつに言われたくない」

いつのまにか教室にはわたしたちの声しか響いていなかった。ずっとぐだぐだしゃべっていた男子が何事かと目を見張っている。女子は全員わたしに対して怒りを向け、片瀬さんは泣きそうな顔でただおろおろしていた。

あなたの問題だろうって、どんなに怒鳴ってやりたかったか。だけど、それはどうしてもできなかった。大阪への引越しが決まったあの夜、泣いている雪ちゃんの背中に怒鳴りつけてしまったこと、ほんとはずっと後悔しているから。あの夜ドア越しに聞いた雪ちゃんの嗚咽、どんなに擦っても取れない汚れみたいにずっと心にこびりついている。ちぎれそうなくらいの痛みといっしょに。

ろくな話し合いにならないというんで、結局チーム決めはあしたに持ち越すことになった。あしたになったらなにが変わっているのかは知らない。体育委員がそう決めたから、わたしはおとなしく帰るだけだった。

家には寄らないで坂の上の公園に直行した。ショパンは聴こえてこなかった。寂しくてどうしようもない気持ちになった。帰る気にもなれなくてずっとブランコに座っていた。太陽が沈む。遊んでいた子どもたちがひとりずつ帰っていく。会社帰りのサラリーマンが疲れた顔で横切っていく。スクリーンの中の映像みたいに現実味なく流れていく景色に、知っている人が突然現れるというのは、けっこうびっくりするものだよ。

「……あれ?」

気づいたのはわたしが先だったと思うけど、声を上げたのは清見のほうが先だった。彼は少し迷うようなそぶりを見せ、それからなにかを決めたような顔つきになると、すたすたこっちへ歩いてきた。

「なにしてるん?」

言葉を交わしたのはこれが初めてなのに、長いあいだ友達だったかのような声のかけ方をするんだな。

いつもクラスでいちばん背の高い男子といっしょにいるから、清見は小さいほうだって勝手に思っていたけど、ブランコに座ったままで見上げる体はけっこうちゃんと大きい。清見のカッターシャツからはかすかに体育館の使い古されたようなにおいがした。そうか、清見、いままで部活をしていたんだ。

「もしかして、家、このへん？」

黙っているわたしに清見は質問を変えた。わたしはゆっくりうなずいた。

「坂、ちょっと下ったとこ」

「マジで？　俺んチ、すぐそこ。近ァ」

清見はこっちがびびるくらいの人懐こい顔で笑った。ほんとにびびって動けなくなったわたしに、清見はおでこをちょっと上げてうかがうような視線を送ってくる。きれいな弧を描いているアーモンド形の目。途中からふたつに伸びている奥ぶたえ。初めてちゃんと見た。清見はこんな顔をしているんだ。

「清見くん、このあたりでいつもショパンを弾いてる人を知ってる？」

彼の顔をじっと見ているうちに無意識に口走っていた。同時に、清見の目がぐっと開く。

「清見くんもピアノを弾く人でしょう」

清見はほんとに言葉がないって顔をした。それから、イタズラがバレた子どものようにニヤッと笑った。やべえ、どう言い訳しよう？　って感じの、困ったような笑い。

「北野さん、なんで知ってるん？」

清見は声をひそめて続けた。

「ついでに言うと、そのショパン弾き、俺」

雷にうたれたみたいなショックだった。清見は、あんなふうな女性らしく甘い音楽を奏でられる男には、どうしたって見えなかった。


わたしが公園にいる限り今夜はピアノを弾かないと宣言されてしまい、仕方なく帰宅すると、テーブルの上にはひとり分の夕食が居心地悪そうに置き去りにされていた。お母さんは眉も目もこれでもかってくらいつり上げて「遅い」と怒った。部活してる子には普通の時間だと言い返すと、朝日はなんの部活もしてないだろうとぐうの音もでないことを言われた。きょうの喧嘩も、わたしの負け。

アジフライをレンチンしながら味噌汁をあたためる。そのあいだに雪ちゃんがごはんをよそってきてくれた。ダイニングテーブルに腰かけた雪ちゃんは、箸のかわりにデザートフォークを出してきて、夕食を食べるわたしといっしょに肉じゃがをちまちまつまんだ。

「雪ちゃん、大学、どんな感じ？」

何気なく聞いた。雪ちゃんはほんとに意外そうで、あんまりびっくりしたのか、数秒のあいだ咀嚼を忘れているみたいだった。

「すごく楽しいよ」

やがて口の中のものを飲みこんだ雪ちゃんが、簡潔に答えてサクッと笑う。嘘なんかひとつもない答えだった。きっと雪ちゃんは、高校時代についてでも、中学時代についてでも、同じように笑いながら同じことを言うんだろう。

朝日が小雪の妹だなんて嘘かもしれない――小さいころから何度も考えてきた妄想が頭に浮かんだら、妙に現実味を帯びていてすごく怖くなった。急に、アジフライがしょっぱいよ。ごはん食べながら泣いちゃうなんて子どもかよ。ダサいよ。

泣いていることがお父さんとお母さんにバレちゃうのだけは死んでも嫌で、食べかけの夕飯を放置し、箸を放り投げて風呂場にむかった。急いで服を脱いで湯船に頭ごと沈めた。それでも涙は止まってくれなかった。

五分後に雪ちゃんがやってきた。雪ちゃんはわたしの涙入りの湯船に迷いなく体を浸《ひた》した。姉と向かい合って入るバスタブは、想像以上に狭い。

「朝日ちゃんの泣き顔見るのなんて何年ぶりだろ」

きれいな指先がわたしの目の下をぐいと引っぱる。

雪ちゃんの白い肌はきめ細やかで、やわらかなボディラインは女性らしくて、ドキドキした。姉妹なのに、同性なのに、あんまり見ていないといけないことをしているような気分になってしまう。

「なにかあった？」

雪ちゃんは同情や同調の響きはいっさいない声で言った。それでも聖母のように優しい口調は、雪ちゃんがわたしとはまったく関係のない世界で生きている人という証なのだろう。それはいまのわたしにとって、とても心地のいいことだった。

ぜんぶぜんぶしゃべった。しゃべっていたら、むかつくことがあんまり多くって、たくさんのことに腹を立てながら生きている自分がどうしようもなく嫌になった。

「怒るのってものすごいエネルギーがいるじゃない？」

雪ちゃんはわたしの頬を指先でさわりながら言った。

「それを人のために使うなんて、なおさら」

片瀬さんのために怒ったのかと言われたら、それはちょっと違うような気もするのだけど。

「ただ怒っただけで、伝わらなかった。なんにも……言いたいこと」

「じゃあもういちど伝えたらいいんだよ」

雪ちゃんはとても当たり前のことを言った。当たり前だけど、わたしがすっかり忘れていたことで、はっとした。

「朝日ちゃんにはそれができるよ」

ほんとう？　わたしにできる？　あした片瀬さんに会って、目を見て話せるかな？　怒らないで話せるかな？

その夜は雪ちゃんの部屋でいっしょに眠った。バスタブと同様、ふたりで使うシングルベッドは狭くて、わたしたち姉妹はもう子どもじゃないんだと思った。雪ちゃんはいつから、あんなふうな大人っぽい笑い方をするようになったんだろう？


意外にも声をかけてきたのは片瀬さんのほうで、それに驚いたのはきっとわたしだけじゃなく、女子も男子も含めたクラスメート全員だったと思う。キタノサンという五文字をやっとの思いでという感じにしぼり出した片瀬さんは震えていた。声も足も目も。わたしは思わず立ち上がり、彼女の顔を正面から見つめた。

「わたし、鈍《どん》くさいから、ニブイから、きのう、なんも言えへんかって、ごめんなさい。怒らせて、ごめんなさい」

片瀬さんはひとつずつ単語を区切るようにしてゆっくり言った。

「わたしが怒ったのは片瀬さんがニブイからじゃない」

彼女がしゃべり終えたのを確認してからわたしは言った。

「自分の弱さを諦めてるからだよ。理不尽と闘おうとしてないのがすごい、すごい、むかついたんだ」

自分でも意外なほど感情は沸騰しなかった。そのかわりにこぼれる言葉たちは、ほどけた心から自然に生まれくるようで、不思議だった。

「誰かのかわりに掃除なんかしなくていい。球技大会はやりたい競技をやればいい。むかついたらむかつくって言っていい。きのう、あんなこと言われて、あんな言い方されて、片瀬さんはわたしに怒ったってよかったんだ」

銀ブチの眼鏡のむこう、黒いまつ毛に縁取られたかわいらしい瞳がぐじゅっとにじむ。わたしはそれをこの世でいちばん美しいもののように見ていた。やがてこぼれ落ちたひと粒の輝きを、心の奥にずっと大切にしまっておきたいと思った。

「北野さん。わたし、球技大会は北野さんといっしょにバスケしたいねんけど、いい？」

そういえばバスケのチームに振り分けられたのだということをいまさら思い出した。バスケはぜんぜん得意じゃなくて、偉そうに「いいよ」なんて言ったけど、ほんとはたぶんわたしのほうがあんまりやりたくないかもしれないよ。

球技大会はここが学校だということを忘れてしまう雰囲気をしてる。グラウンドも体育館も使えるところはめいっぱい使って、そこを全校生徒が駆けまわっているって、ちょっと異様な光景。ほとんどの生徒がこの非日常に浮足立っているように見えた。うちのクラスも、体育委員が中心になっておそろいのハチマキを製作した。

「北野さん、クラスの応援しに行かへんの？」

ひと気のない木陰で休んでいるところを、どこからやって来たのか片瀬さんに話しかけられた。

「次、男子のバレーやって。女子みんな体育館行ってるよ」

男子のバレーチームには清見がいるはずだ。清見とはあの公園で偶然会った以来ぜんぜんしゃべってない。朝のオハヨなら、数回くらいは言い合ったかも。

あれからも坂の上の公園にはピアノを聴きに行ってる。彼がそのことについてわたしになにか言ってくることもないので、わたしもなにも伝えずに勝手に行ってる。清見の弾くショパンは相変わらず甘くて切なかった。中でもやっぱり、必ずラストに演奏する『パガニーニの思い出』は格別だな。ほかの曲は完全にランダムで、たまにモーツァルトやシューマンが顔を出すこともある。ベートーヴェンは得意じゃないんだろうなっていうのが聴いていてなんとなくわかる。あと、バッハも。厳格な感じの曲は合わないいんだろう。

清見は圧倒的にショパンが得意だった。あの日、彼が自分を〝ショパン弾き〟と言ったのは、きっとダテじゃなかったんだと思えるくらい。

体育館は緑色のネットで南北に分断されていて、南側がバレーコート、北側がバスケコートとして使われていた。脇の梯子《はしご》を上ってバレーのほうのコートを見下ろしたとたん、わたしの目はすぐに清見を見つけだしていた。

清見はべつだん小柄でもないいし、特別デカいわけでもない。なにか目立つオーラをまとっているわけでもない。こうして見るとものすごい普通の男子高校生だなと思う。あんなにきれいなピアノを弾くということ、言われなきゃほんとに想像もつかないな。

清見の友達はみんな知ってるのかな？　たとえばあの背の高い友達とか。もしかして清見って、ピアノを弾くこと、誰にも言ってないのかな……。言ってないかもしれない。わたしがそのことについて訊ねたときの態度を思い出すと、なんとなくそんな感じがした。

よくよく見ると清見は指十本全部にテーピングをしていた。それを友達に突っこまれて笑ってる。

「バレーはでけへんねんて！　ほんまに突き指するから！」

少年みたいな声がここまで聞こえてきた。

試合が始まってみるとほんとに清見はダメダメだった。あんなに必死にバスケをやりたがっていた理由がわかった気がした。

「遠藤《えんどう》くんはほんまになんでもできるなあ」

　隣の片瀬さんが本当に感心したようにぽつりとこぼす。遠藤くんというのは、いつも清見といっしょにいるあの背の高い男子だ。清見から彼に視線を移すと、正規のバレー部員ばりのスパイクを完璧に決めたところだった。見とれちゃうくらいきれいなフォームだ。

「わたし、去年も遠藤くんとおんなじクラスやってんけど、去年はソフトで出とってな、やっぱり大活躍して、もう大人気で」

「へえ……」

　そういえば黄色い声援があちこちから上がっていることに気づく。よく見たらうちのクラスじゃない女子もけっこういる。みんな遠藤くんの応援をしているみたいで、びっくりした。

　たしかに遠藤くんは華のある男子かもしれない。そこだけパッとスポットライトが当たってるみたいに、ひとつひとつの言動が目を引くというか、そこにいるだけで場が彩られるというか。そう、清見とはぜんぜん違う男子で……。

　いつのまにかわたしの目はふたたび清見を追いかけている。ほんとに突き指しちゃうんじゃないかってくらいオーバーハンドパスがへたくそで、気が気じゃないよ。

試合終了のホイッスルが鳴り響いた。ぜんぜんスコアを見ていなくて、あわてて確認したら、ぎりぎりで勝利してた。たぶん、ほとんどの得点に遠藤くんが絡んでる。

清見たちは適当に挨拶をし終えると、笑いながらコートの脇に出ていった。そのまわりにクラスの女子がわらわら群がる様子を、遠い世界の出来事みたいにぼうっと見ていた。片瀬さんに腕を引っぱられ、梯子のほうへ歩を進めようとしたときに、ふと清見がこっちへ視線を持ち上げた。ばっちりピンポイントで目が合う。清見は微塵《みじん》も表情を変えないでじっとわたしの顔を見ていた。わたしは金縛りにあったみたいに動けなくなっていた。

「なに見つめあってるん?」

少し間をあけて、片瀬さんがわたしにしか聞こえない声でささやく。

「知らない」

目線を清見にむけたままで、わたしは答えた。

清見の目は不思議だった。どこまでも透明な、それでいて、底の見えないような深い色をしていた。坂の上の公園で会った夜、あのときも、清見はたぶんこういう目をしていたと思う。

耳の奥でショパンが鳴り響いていた。

清見の弾くショパン。この甘い音楽を、清見はいつ、誰に教わったんだろう? どうしてこんなにも切ない音色を奏でられるんだろう？

女子のバスケの試合は午後イチだった。うちのチームは誰ひとり勝とうって気がなくて、楽しくやれたらそれでいいよねって、牽制《けんせい》みたいな言い訳みたいなことを試合前に口々に話していた。わたしはそれを他人事みたいに聞いていた。

頭上には、空き時間らしい男子のバレーチームがわざわざそろって試合を見に来ていた。その中には人気者の遠藤くんもいるわけで、試合前の円陣ではまんざらでもなさそうな小さい悲鳴がいくつも上がっていた。

もちろん、清見もいる。腕を乗せた柵に上半身ごと預けて、試合を見ているというよりは、横並びの友達となにかとしゃべっているという感じ。清見がいるせいでわたしはぜんぜん試合に集中できなくて困った。彼がいると、磁石のようにどうしても意識がそっちに引っぱられてしまう。

「――北野さんっ」

名前を呼ばれた瞬間いきなりボールが飛んできた。顔面すれすれで受け止め、わけもわからずドリブルをするけど、ものすごいへたくそで嫌になる。ばしんばしんという情けない音をたてながらボールを連れて走った。いつのまにかゴールが目の前に迫っていたので思わず重たい球体を放ると、それは奇跡的に輪っかの真ん中をくぐったのだった。

「北野さんナイシュー!」

ふだん教室では話さないような子たちに親しげにハイタッチを求めてこられて、うまく対応できない。

「北野さーん! ナイシュー!」

今度は上から声が降ってきた。反射的に見上げると、清見……ではなく、その隣にいる背の高い男子が腕をぶんぶん振りまわしていた。遠藤くんだ。なんと答えたらいいのかわからず、ぷいっと目を逸らしてしまった。これじゃ無視したみたいだ。

バスケットボールは本当に体力勝負のスポーツだなとやってみて思う。素人の集まりだから戦略なんてのは皆無、とりあえずボールを追いかけて走れという感じで、延々と走り続けるだけのわたしたちは、前半を終えないうちからバテバテだった。それは相手チームも同様みたいだった。

そんな疲れで一瞬気を抜いたのがいけなかったな。さっきは間一髪で止めることのできたふいうちのボールが、今度は受け止める間もなくおもいきり顔面に当たっていた。なにが起こったのかよくわからず、あんまり強い衝撃に負けてその場に倒れこんだわたしの肩を、気づけば片瀬さんの細い腕が支えてくれていた。

「北野さんっ、大丈夫？」

だいじょうぶ、と答えかける。床にぽたぽたと赤く滴《したた》るものが見えて、次の瞬間にはなんにも言えなくなる。

「待って、あかん、血出てる」

焦ったような片瀬さんの声に何重ものエコーがかかって、ぐわんぐわんと頭の中に直接響いてくるみたいだった。

昔から血がものすごく苦手なんだ。体じゅうをこの赤い液体が絶え間なく流れているんだって想像すると、気持ち悪くてしょうがなくなる。ガイコツは大丈夫なんだけど、人体模型は絶対ダメ。

息を吸ったら鼻いっぱいに血のにおいがした。吐き気がこみ上げてうずくまる。いつのまにか試合は止まり、わたしのまわりには人だかりができていた。情けなくて、やってられなくて、このまま消滅してしまいたいと思った。

「北野さんっ」

人だかりをかきわけて、血まみれのダサい顔を誰よりも近くで覗きこんでいるのは、見たことのあるアーモンド形の目だった。

「立てる？」

清見は間髪いれずに聞いた。

「保健室行くで。血だらけやんけ」

アディダスのロゴがついている白と青のタオルが無造作にわたしの顔面に押しつけられる。鉄っぽいにおいでいっぱいだった鼻の奥に、柔軟剤の優しい香りが広がる。いきなり体がふわりと持ち上がった。清見の指がしっかりとわたしの腕をつかんでいる。いま、わたしに触れているのは、最高のショパンを弾く人の指先だった。

皮膚が焼けるようにカッと熱くなった。

「歩かれへん?」

いつまでたっても足を踏みださないわたしに、清見はうかがうような目をむける。

「歩ける」

全身全霊の強がりでわたしは言った。清見は変にまじめくさった顔でうなずいた。

「北野さん、保健室連れてくわな。かわりの選手いてるやんな?」

チームの誰かが答えるのを確認すると清見は歩き出した。誰ひとり生徒のいない校舎で、保健室までの道のりは妙に果てしなかった。

「なんでこんな大事なときに先生おらんねよ」

ひとりごとみたいにつぶやいた清見がわたしをパイプ椅子に座らせる。彼は先生の座る可動式の丸椅子に足を広げて腰かけ、体の重心を前にかたむけながら、コロコロと車輪を滑らせてわたしの前までやって来た。

「上向いたらあかんで。血ィ飲みこんでまうからな。下向いて、鼻の上のほう押さえて、そう、しばらくそのまんまや」

アディダスのタオルは一部がぐっしょり血だらけになってしまっていた。とても悲しかった。この上なく情けなかった。しんどい気持ちでタオルを見つめていたら、清見の手がそれをわたしの手ごとぐっと鼻にくっつけた。

「押さえとかなあかんって」

清見がそう言って、わたしが素直にうなずくと、会話はぱたりと途絶えた。

あまり接点のない男子とふたりきりでいる保健室は異様に静かだ。すぐそこにあるはずのグラウンドから聞こえてくる声がものすごく遠く感じる。清見はいつまでたっても保健室を出ていかなかった。ドアの横に貼ってある『歯みがき強化月間』の掲示物をずっと退屈そうに眺めてる。おかしな横顔だった。じっと彼を見ているうちに、わたしの鼻血はいつのまにかすっかり止まっていた。

「タオル、ありがとう、ごめん」

わたしに視線をむけた清見は短く「ええよ」と答える。

「北野さんはピアノ弾かへんの？」

そして唐突に言った。それから、わたしの目の前にある丸椅子にふたたび腰かけた。

「聞きそびれとったなあと思って」

口にしてから、考えるような顔。彼は思い直したようにもういちど口を開いて、

「ずっと聞きたいと思っててん」

と言った。

「弾かない」

わたしは答えた。

「ほな、なんで俺がピアノ弾くってわかってんよ?」

清見は心からびっくりしているみたいに言った。いつも指を動かしている自分の癖をまったく自覚していないような言い方に、わたしのほうが驚いた。

「ピアノを弾く人の傍にずっといるから」

その言葉を、清見はじっくりと時間をかけて飲みこんでいるみたいだった。

清見はなにを考えているんだろうと思った。透明な目をしてる。清見の目には、保健室の白い景色が映っていないように見える。もっと遠いどこかを見ている。清見自身をどこか遠い場所へ連れていってしまうみたいに。

「もしかして、あそこの公園、いまも聴きにきたりしてるん?」

少し沈黙したあとで、彼はきまりの悪そうな笑みを浮かべて訊ねた。

「うん、行ってるよ」

嘘はつかない。

「やっぱり、ショパンがいいよ。その中でも『パガニーニの思い出』は特別に」

口にしたら心のどこかがカタカタ動いた。清見の透明な瞳は、たしかにいまここに存在して、じんわりとわたしを映しだしていた。

ドッペルゲンガー

「兄ちゃんはなにを目指してるん？」

ピアノを弾くのは単にやめられない癖みたいなものだった。だから、ひとつ年下の妹にそんなことを聞かれても、うまい具合の返事なんかは思いつかなくて困った。

「べつに、なんも」

俺はピアノに向き合ったまま無愛想に答えた。すみれが不服そうにくちびるをちぇっと鳴らす。

「バスケなんかやめたらええのに。絶対ピアノのが才能あんで？」

バスケをやっていると、やはりまったく怪我《けが》をしないというわけにはいかない。特に指先はほんとにやっちまうことが多い。突き指とはいまだに仲良しな友達だ。抜群に上手い遠藤でもたまにやってる。

突き指をしてしまうと、軽度でも、ピアノを弾くのはなかなかむずかしくなる。力加減がうまくいかない、正確なタッチができない、まず、めちゃくちゃ痛い。うまく指が動いてくれないのは死ぬほどもどかしい。だから嫌になって弾かないんだけど、一日でもピアノを触らないと俺はどうにも落ち着かなかった。俺の体には、ピアノを弾くという習慣が、日常として完璧に染みついているのだ。

譜面台に乗っかっているショパンの『雨だれのプレリュード』の楽譜を、女っぽい指がひらりと持ち上げる。伸ばした爪にラメ入りのラベンダーが塗られている。すみれはピアノを弾かない。そういや、このアップライトピアノははじめ妹が欲しがったんだよなと思い出して、俺は苦笑したい気持ちになる。

うちにピアノなんかなければよかった。そしたら、こんなふうにやめられなくなることもなかった。

「もっと本気でやったらええのに」

ひとりごとみたいに言って部屋を出ていったすみれの声が、壊れたラジカセみたいになぜか頭の中をずっとぐるぐるまわっていた。半年ももたずにピアノ教室をやめちまったやつに言われたくねえ。

ものすごく好きってわけでもないけど、他のスポーツと好きの天秤にかけたらいつもバスケが勝つ。

それが、俺がバスケ部に入った理由。小学校のときは遊びでやってて、中学から本格的に部活動を始めた。バスケをやる理由よりも、やらない理由のほうが少なかったから、高校でもバスケ部に入った。

「蓮っ」

朝のミーティングを適当に聞き流していたらいきなりコーチに呼ばれて、喉から心臓が飛び出るかと思った。上下によく動くゲジ眉の下で、厳しい目が俺をまっすぐ睨んでいる。ついでにチームメートみんなが俺を見てる。俺、なんかやらかしたかな?

「1番、きょう、おまえ行け」

〝1番〟ってのはポイントガードの通称だ。アウトサイドのポジションで、しばしば司令塔とか言われるところ。だいたいどこのチームでも上手いやつがやってる。

俺はべつにたいして上手くないやつだった。単に、デカくないって理由で昔からやることが多くて、歴だけは無駄に長いけど。いまのチームでもいちおうポイントガードとして扱ってもらっているけど。

「スタメンやん」

遠藤が小声でささやき、冷やかすように俺の肘《ひじ》を小突く。そう言う遠藤はきょうも当たり前のようにスタメン2番だ。シューティングガード、チームの花形。

高校でスタメンに選ばれたのはこれが初めてだった。めちゃくちゃ嬉しいという気持ちより断然、やべぇって感情のほうが勝っている。それがなによりやべぇ。試合前のウォームアップにはぜんぜん集中できなかった。前屈をしているとき、背中を押す遠藤に「硬すぎやろ」と笑われたけど、俺は笑えなかった。

たかが練習試合。だけど、試合は試合だ。試合前にコーチがアレコレ戦略をしゃべっているのがまったく頭に入ってこない。ド緊張していた。わけもわからないでコートに立った。ホイッスルが鳴り響いて、ジャンプボールをすると、ボールは真っすぐ俺のところへ飛んできた。来いと思っているときは来ないくせに、来るなと思ったときに限って来るんだもんな。へたくそなやつの言い訳だ。きっと遠藤はいつも、俺のところに来い！　と思っているんだろう。

頭より先に体が動いていた。ボールを受け止めたのは反射で、ドリブルで攻めこんだのは長年の経験のおかげ。コートを走りながら冷や汗が止まらなかった。遠くで遠藤がなんか言ってる。他のやつらもなんか言ってる。唯一得意なレイアップシュートすら一本も決まらなかった。走っていたらいつのまにか第一クォーターが終わった。

俺はボロカスに怒られた。

「なんでおまえが声出さへんねん？」

見慣れたゲジ眉が、天井を突き抜けるんじゃないかってくらいつり上がっている。

「俺が練習中いつも言うてること忘れたんか」

覚えてマス、俺はもごもご答える。

「言うてみぃ」

「『いつでもいったるって心構えで練習せぇ』」

「そうや」

そうや。そうやったな。そうやったけども……。

たった二分間のインターバルを挟んだからといって、第二クウォーターでいきなり動きが良くなるわけでもない。俺は史上最低のポイントガードだった。クソみてえな1番のかわりに、エースの2番が正確で頼りになる指示をずっと出し続けた。

「清見は清見のできることしたらええねん」

ハーフタイムで遠藤が言った。

「俺は俺のできることするし。ほかのやつらかてみんなそうやん」

頭がさあっと冷えていく感じ。口から入れたスポーツドリンクが、体の末端まで平等に沁みわたっていくみたいだった。甘くてしょっぱくて冷たい。質の悪い汗がぐんぐん引いていく。

俺は、俺のできることをしたらいい。無理しなくていい。そう、うちのチームには最高の2番がいるじゃないか。

「バスケはチームスポーツやからな」

「……ほんまやな」

ニッと笑った遠藤にバシッと背中を叩かれる。背中にくっついている12番がぐんと重くなり、ふっと軽くなったような気がした。

後半は前半よりいくらかマシだった。最高のプレーができたかと言われたらぜんぜんそうじゃなくて、上手いやつからしてみればやっぱりクソみてえな1番だったと思うんだけど。俺は俺にやれることをやった。無理しないで、背伸びしないで、肩の力を抜いて。いい感じに、いい感じのバスケができたんじゃないかな。

「遠藤がおってくれてよかった」

それは俺だけじゃなく、チームみんなが思っていることだった。

「せやろなあ」

顔も頭脳もフィジカルも全部持って生まれてきた男は冗談めかして笑った。

うちの部では遠藤が圧倒的にスーパーマンで、先輩も後輩もタメも、どのポジションのやつらも、自分は遠藤の控えだと思っている。みんななんの疑問も持たないで遠藤の控えに甘んじている。甘んじているというか、甘えている……。

そう、甘えているのかもしれない。

クラスの〝お荷物ちゃん〟と呼ばれているコに真正面から啖呵をきった彼女は、この世界のどのポジションにも甘んじていないように見えた。生まれてから一度も誰かに甘えたことなんかないように見えた。いつも退屈そうな顔をしていて、口を開くと耳に新鮮な標準語を話す。左手で襟足を触る癖がある。クラスに馴染んでいるようには思えないけど、浮いているというより、どちらかというと沈んでいる感じ？　地球の重力は全部あそこから生まれてるみたいな。

北野朝日は別の次元で生きている存在に思えてならなかった。そんなやつに『清見くんもピアノを弾く人でしょう』なんて言われたから、俺はほんとにびびったんだ。びびりすぎて思わず肯定してしまった。学校の誰にも言わないでいる、言ってこなかった、俺の恥ずかしい秘密をさ。

まさか教室のど真ん中で話しかけられるとは思わなくて固まっちまった。清見くん、と呼ばれて、ロボットみたいな動きでぎこちなく振り向いたら、すでに北野は俺をじっと見上げていた。これからなにを言おうかじっくり考えるような顔をしている。こうして改めて見るとけっこう小さいのな。普通に女子のサイズをしてる。どうしてか、北野朝日はもっとデカいみたいな印象があったんだ。

「おはよう」

さんざん考えてから彼女が放った言葉は何の変哲もない朝の挨拶で、俺はちょっと笑っちまった。北野は手を抜かない。どんなにささいなことでも。こんなにまじめな顔でオハヨウを言うやつはほかに知らないし、彼女以外にこれから出会うこともないんだろう。

俺も同じようにオハヨウと返す。

「これ。新しいの買ってきたから」

ぐっと差し出された手にはスポーツ用品店の買い物袋がぶら下がっていた。一瞬迷ったけど、北野があんまり真っすぐ腕を伸ばしているので素直に受け取った。ちょっと硬いビニール越しに感じる、ふかふかした手触り。

「タオル、ダメにしちゃったでしょう」

目が合うのと同時に北野は言った。北野の鼻血を存分に吸い上げたアディダスのタオルは、もう使えねえし、捨てようとしたら北野が持って帰ると言い出したんだ。

袋の中にはまったく同じデザインのフェイスタオルが入っていた。まさか同じやつを買って返されるなんて思っていなかったので、ほんとにびっくりした。ありがとうを言うのも忘れるくらい。

「わざわざ買いに行ったん？」

「わざわざってわけでもないよ」

北野はよけいなことは言わない。簡素でシンプルな言葉は、ガキのころから馴染んできたイントネーションとぜんぜん違っていて、どこか深い余韻を残す。

肩につかないくらいのボブヘア、この真っ黒な直毛を、北野は一度も染めたことなどないのだろうとなんとなく思う。北野にはそういう頑固さみたいなのがある。愚直な感じがする。俺たちが成長するごとにひとつずつ置いてけぼりにしているすべてを、なにひとつ捨てないままでいるような。

「ありがとう」

俺はようやっと言った。

「うん。部活、頑張って」

なんでもないはずのその台詞を、北野朝日という女子に言われると、なんか異様にグサッとくるんだよ。


「北野さんってどういう感じ?」

前屈をする俺の背中をぐぐっと押しながら、遠藤が思い出したようにいきなり訊ねてきた。

「知らん」

極限まで狭くなった喉を無理やり開いて俺は答える。

「知らんて、なんやねんや？」

「そっちこそ急になんやねんな」

「だって清見、急にしゃべるようになってるし。こんなん貰ってるし」

傍らに置いている新品のタオルを遠藤が顎で指す。まだパリパリのタオルは前のよりずっと色鮮やかに光っていて、逆に申し訳ないような気持ちにもなる。

「貰ったっちゅうか、それは、そういうのとはちゃうやん」

「せやからその前のアレがおかしいやん」

アレとか言って、意味深な感じに声をひそめるのはやめてくれよ。

「あんときの清見、史上最強に俊敏やったしな。なんで飛びだしてったん？」

球技大会のときのことを言われているんだと思う。そりゃあだって、あの硬い重いボールが顔面にクリーンヒットしたのを目《ま》の当たりにして、バスケやってるやつならぞっとしないわけにいかないよ。コートの真ん中でうずくまる北野は、普段の彼女が信じられないくらい真っ青な顔をしていて、ただごとじゃねえと思って、じっとしていられなかった。気づいたらコートまで降りていってた。いまにも気を失いそうな北野の顔を見て、思わず持ってたタオルを押しつけた。つまり、あの瞬間、俺の中のなけなしの正義感が突き動かされたというわけだな。

だけどたぶん、本当は違った。単に北野と話をしたかった。なんで俺がピアノ弾くってわかったの？　って、ずっと聞きそびれていたことを聞いてみたかった。あの瞬間、そのチャンスがめぐってきたんだと思わずにいられなかったのだ。

北野はいやにまじめな顔で質問に答えてくれた。

――ピアノを弾く人の傍にずっといるから。

どこか不思議な言いまわしだった。北野はきっとその人のことがとても大切なんだろうとなんとなく思った。簡単に口にしてしまえないくらい。そういう気持ちは少しだけ理解できて、俺はまた聞きたいことを聞きそびれた。

北野の傍でピアノを弾いているのは誰だろう？　北野にとって、どういう存在なんだろう？

この世に好きなものなんかひとつもないって顔をしている北野朝日が、そんなにも大切にしている音楽とは、いったいどういう音色をしているんだろう……。

「清見ってぜんぜん女つくれへんなーと思っとったけど、もしかしてあいうのが好みなん？」

なかなか答えない俺に、遠藤は独自の見解を示したようだった。

「そういうのほんまにしんどいって」

〝ああいうの〟ってなんだよ？　北野のこと、ぜんぜんわかんねえから、好みだとか好みじゃないとか言いようがないよ。

ストレッチのアシストが入れ替わったのでものすごい力で押しこんでやった。驚異的なやわらかさをしている遠藤は、かなり押しこんでもぜんぜん痛がらなかった。きょうはこのあと試合形式の練習をするらしい。こないだボロボロだったポイントガードのせいだろうなって思うとやっていられない。

レギュラーとか控えとか一年とか二年とか関係なく、ランダムにメンバーを入れ替えてハーフの試合をいくつかやった。どんなメンバーだろうと遠藤のいるチームは無敵だった。とにかく得点力が並外れてるんだな。遠藤にパスが通れば必ず決めてくれる。そういう絶対的な安心感がうちのエースにはある。なんでこんな才能にまみれたやつがこんなインターハイにも行けないような学校に来たんだろうと疑問に思って、訊ねたことがあったけど、そういえばあのとき遠藤はなんて言ったんだっけな？

三試合目が終わってそろそろバテてきたってときに、遠藤が突然こっちに寄ってきた。涼しげな印象のあるつり目が体育館の入り口のほうをちらっと向いた。つられて、俺もそっちを見る。

女子の制服だった。カッターシャツの襟の下に赤い紐で作られた蝶々結びは、どこか几帳面な形をしている。

遠藤目当ての子とか、部員の誰かの彼女とか、部活を見に来る女子生徒ならたまにいる。だけど、北野朝日はそういうことをするような女子には見えなかった。だからほんとにびっくりしたんだ。目が合っていることにびびっている余裕もないくらい。

「声かけに行かんでええんか？」

遠藤が声をひそめて訊ねる。

「ぜったい、清見に用事やろ」

用事なんかあるだろうかと考える。考えても、考えても、それらしきものは見つからなかった。そうしているうちにコーチに呼ばれて、俺たちは四回目の試合をした。

北野はずっと見ていた。試合が終わるまで。部活が終わるまで。微動だにしないで。なにかに憑りつかれたように。クソまじめな目だった。北野は手を抜かない。あんまり真剣で、手加減のない視線に、俺は途中から壊れちまいそうだった。

惰性でやっている、甘えにまみれた俺のバスケを、北野はいったいどう思っただろう？


北野は知らないうちに音もなく消えていた。なんで見に来たのか聞きたかったけど、プレーの感想なんか死んでも聞きたくなかったので、ほっとしたのと残念なのと半分ずつだ。遠藤はただただ残念がっていた。帰り道では北野のことをたくさん聞かれて心の底からうんざりした。俺だってあいつのことほんとに知らないんだよ。

「遠藤はさ、なんで強豪じゃなくてウチの学校来ようと思ったん？」

今度はこっちから質問してみた。遠藤はマシンガントークをやめて、ちょっと笑うと、それ前も聞かれたことあるやんな、と言った。

「楽しいバスケがしたかったから」

遠藤はぽんと答えた。

「強豪はほんまにしんどいからな。俺レベルが軽々しく行ったらあかん世界やで、あんなとこ」

「よう言う。バスケの神様が泣きますわ」

「わはは。俺なんか強豪行ったら補欠の補欠やって」

じゃあ俺は補欠の補欠の補欠の補欠くらいか。

「やっぱ、いちばん好きなことは楽しくやっとりたいやんか」

とても、愛おしいものを語っているような横顔。遠藤はバスケが好きで好きでしょうがないんだと思った。この男がバスケの神様に選ばれた理由が、この横顔だけでわかるような気がした。

「バスケ、好きやねんな」

「そらそうや。だから部活やってるんやし」

遠藤があんまり当たり前のことみたいに言うから俺はうろたえてしまう。ふいうちのカウンターみたいな言葉だった。

「清見も、そうやろ?」

どうかな。嫌いじゃないけど。どちらかというと好きなのには間違いないけど。そんな顔をできる自信は微塵もないよ。好きだって胸を張って言っていいほど、俺はきっと真剣にバスケと向き合ってない。

コンビニに寄ってアイスを食べた。五月も半ばを過ぎるとけっこう暑い。これからの季節のことを考えたらほんとに気が重くなった。夏の体育館はそこらのサウナ以上にムシムシと暑いんだ。

何度食べても当たりの出ないアイスに文句をつけながら、しょうもないことばかりをしゃべってだらだら歩いていたとき、俺はいきなり白昼夢を見た。

「遠藤」

隣にいたはずの同級生がいま本当にいるのかも曖昧で、思わず名前をつぶやく。

「なんや?」

遠藤は軽く返事をした。そのあいだも、俺は〝彼女〟から目を離すことができなかった。

「なあ、オバケって……おると思う?」

「は？」

全身に鳥肌が立っている。体の奥からこみ上がる震えは、恐怖のせいなのか、それともまた別の感情のせいなのか、俺にはわからない。

夢かもしれない。夢に決まってる。そうじゃなきゃ困る。

六年前に死んだはずの岸谷沙耶が、いまたしかに、大通りを挟んだ向こう側にいるなんて。


いつまでたっても寝つけなかった。

サヤにはちゃんと足があった。オバケみたいな青白い顔でもなくて、頬はほんのりピンク色をしてた。どう見ても生きた人間の温度を持っていそうな見た目。

死んだのは、嘘だったのか？　そんなはずはない。ちゃんと最後の見送りまでしたんだ。それに、仮にサヤが生きていたとして、六年の月日が流れているとは思えないような姿をしていた。あの人はサヤそのものだった。俺の記憶の中のサヤとなんの相違もなく。

そういえば、あの夏、サヤはいくつだったんだっけ？　サヤは何年で人生を終えたのだろう？　そんなことすら知らなかったのを思い出してしまって、ますます目が冴える。

それでもみっちり部活をして疲れた体はいつのまにか眠りに落ちていて、翌朝目が覚めたとき、咄嗟《とっさ》に自分の年齢がわからなくて混乱した。ダイニングテーブルについている家族が本物なのかもわからなかった。顔色が最悪だとすみれに嫌な顔をされて、学校を休むかと母さんに聞かれたけど、一日中ひとりきりで家にいられる自信のほうがなかった。

学校には当たり前にクラスメートがいた。遠藤も、北野も。信じられないくらいほっとした。きっとあれは見間違いだったんだ。そうだよ。だって、サヤの顔なんてもうぼんやりとしか覚えてないし。最近では思い出すこともほとんどなくて、存在すら忘れかけていたんだ。本当に……。

「なんでピアノ弾かへんの？」

リビングのソファに座ってぼけっとテレビを見ているとき、すみれがいきなり言った。パックを貼りつけた顔はチェーンソーの殺人鬼みたいで不気味だ。

「なにが？」

「ダルそうにしゃべらんといて」

そっちこそ、トゲトゲしくしゃべるなよ。

「きのうも弾かへんかった」

じわじわと剥がされていく白い膜の下からすっぴんの妹が出てくる。幼い顔だ。似合わない化粧をするのなんかやめてこの顔で学校へ行ったらいいのに、マセるのだけは早い妹は、毎朝たっぷり時間をかけて顔を作ってから出ていく。

「べつに、すみれに関係ないやん」

「ウザ」

「なら話しかけてくんなよ」

「機嫌わるぅ」

機嫌は決して良くなかったが、いまは機嫌というよりも気分のほうが悪かった。心のいちばん奥で蓋をしていた記憶が、だまし討ちみたいに、強制的に開かれて、きのうの夜からずっとそのことしか考えられなくて、そろそろおかしくなりそうだ。

癖みたいにピアノを弾いている理由を突然思い出してしまった。忘れかけていた記憶。違う。心のどこかでずっと、忘れてしまいたいと願っていた記憶。

「兄ちゃんってあんまりピアノの話はしたがらんよね」

濡れた長い髪を肩甲骨《けんこうこつ》に当てるように揺らしながら、すみれはつまらなさそうに言った。

「それ以外のこともべらべらしゃべってるつもりないわ」

「いちいち屁理屈いらんねん」

これ以上しゃべるのはもう怠かった。しんどかった。黙りこんだ兄に、妹は短いため息をついた。

「岸谷沙耶さんはどんな人やったの?」

まるでクラスメートについて訊ねるような声。俺は、なにも答えなかった。答えられなかったのかもしれない。

「ほんっま、かたくな」

どんな人かと聞かれてもわからない。サヤの生きていた夏が本当に存在していたのかすら、もうわからない。

真夏の夢のような人だった。彼女は自分勝手に消えた。なんにも言わないで。本当のことは全部隠して。

サヤのことを考えると心がぐちゃぐちゃになる。やりきれないような気持ちになる。

俺は、あの夏、きっとなにかできたはずだった。だけど、俺がなにをしたとしても、サヤはあの夏のうちに死んでいたのだろう。


六月に入った最初の月曜、北野が学校に来なかった。朝のホームルームで担任に言われる前から俺は気づいていた。

「北野は体調不良で……」

　体調不良という言葉があまりに似合わないのでびっくりする。北野って、生まれてからいままで風邪すらひいたことなどないように思える。熱を出して寝込んでいる姿って想像できない。ウイルスにやすやすと負けるような女の子には見えない。

　北野はべつだんクラスで目立つような女子ではなかった。北野がいなくても、うちのクラスの日常はなんの問題もなく進んでいく。けれど北野はそのことを寂しがったりしないだろうなと思う。俺たちの持ち合わせていない、強さみたいな、凛々しさみたいなものが、北野の体の真ん中にはある。

　部活を終えて帰宅している途中、家のほんの手前のあの公園に、体調不良で休んでいたはずのクラスメートはいた。初めてここで見かけたときと同じに、北野はブランコに腰かけていた。怒ったような退屈なような顔をしてる。

「北野さん」

　歩を進めながら声をかけると、北野ははっとしたように顔を上げた。

「大丈夫なん？　体調、悪いって」

「うん。体調は大丈夫」

　おかしな言い方だ。

「ズル休み」

北野はごくごく普通のことみたいに言った。俺はぽかんとして、笑っちまった。

「マジ？　そんなんアリ？」

「行きたくない日ってたまにない？」

あるけど、たまにどころじゃねえけど、ズル休みなんかする度胸のない俺は曖昧な苦笑を浮かべてうなずくしかできない。

「清見くん、最近、ピアノ弾かないね」

唐突に言われたその言葉は、こないだすみれに言われた同じ台詞とはぜんぜん質の違う響きをしていた。

「どうしたの？」

俺はうろたえてしまった。北野に聞かれると、その真っ直ぐな目に見つめられると、グレーがなくなってしまう。黒か白かで答えないといけないような気がしてしまう。

「ショパンを、教えてくれた人がおってんけど」

真剣なまなざしが俺の顔をじっと見ている。

「その人、死んでんけど、もう二度と会われへんねんけど、けど……こないだ、見かけたような気がして」

誰かにサヤの話をするのは初めてだった。北野はゆっくり、深く、うなずいた。いま北野の顔を見たら泣いてしまう気がして、俺は自分の足元だけをじっと見つめた。

どれだけ待っても北野はなにも言わない。俺たちはしばし無言のまま、隣どうしのブランコに腰かけていた。生ぬるい夜風を頬に受けながら、そういえば北野に聞きたいことがたくさんあったのを思い出した。

北野の傍でピアノを弾いている人は誰？

なんで、こないだ部活を見に来てたの？

サヤのことを上手く話せる自信のない俺は、迷って、後者の質問をした。北野は記憶を引っぱり出してくるような顔をして、それからゆっくり口を開いた。

「たまたま通りかかったから」

実にシンプルでわかりやすい答え。

「バスケをする清見くんを見てみたいと思ったんだ」

追伸みたいに言われて、急に恥ずかしくてたまらなくなる。バスケしてる俺なんか見たって良いことはひとつもなかっただろう？

「俺、ぜんぜん上手くないで」

言い訳みたいな先手を打ってしまった。ダサいよ。

北野はちょっと考えるようなそぶりをした。もし頭の中にバスケットマンの俺を思い描いてるならいますぐやめてくれと思った。

「今度は試合を見に行きたいな」

北野は仕切り直すように言った。

「練習じゃなくてさ。本気のやつ」

見せらんないよ。ろくな試合をしない。本気のやつと言われても、俺は、あれ以上のなにかをできるようなやつじゃない。


俺がもう一度サヤのオバケを見たのは、あの白昼夢を忘れかけたころだった。

今度は大通りを挟んだ向かい側でなく、部活帰りでもなく、近くの古びた楽器屋で。

メトロノームがぶっ壊れて新調しに行ったとき、レジ打ちしてくれたのが、彼女だったんだ。

トレーに千円札を三枚置いて、顔を上げたら絶句した。俺が妙な表情をしているからか、目が合うと彼女はうかがうように眉を少しだけ上げた。

「あ、細かいの、ありますか？」

そう聞かれて、アリマセンと答えるので精いっぱいだったよ。

「楽器はなにをするの？」

トレーにおつりの百円玉と十円玉を並べながら、彼女は世間話的なふうに訊ねる。

俺を年下だと認めたのか、いきなりタメ口でちょっと驚いた。

「ピアノ」

俺はぼそぼそと答えた。

「へえ！」

彼女は声をはずませた。

「わたしもピアノ専攻なの。あ、いま、音大に通ってるんだけどね……」

ぶっ倒れそうになったよ。本当にそうならなかったのが不思議なくらいだ。

なにか会話をした気がする。なにを弾くのと聞かれて、また俺はぼそぼそとショパンの名前を答えたと思う。今度の返答次第で俺は本当にぶっ倒れていたかもしれないけど、彼女は好きな作曲家にブラームスを挙げた。がっかりしたような安心したような気持ちで、俺は気の抜けた返事をした。

彼女はサヤじゃないのかもしれない。というか、別人だな。言葉も、サヤは大阪生まれ大阪育ちのしゃべり方をしていたけど、この人は東京のほうの言葉をしゃべってるし。この、最近よく耳にするしゃべり方……。そうだ、北野がしゃべるのと同じイントネーション。

「制服、高校生かな？　今度うちの大学のオープンキャンパスがあるんだけど」

彼女は思い出したように後ろを振り返った。レジ後ろの壁に、大学名の書いてある大きなポスターが貼ってあった。

「よかったらおいでよ。なんと先生たちのレッスンも受けられるんだよ」

進路のことはなにも考えていなかった。頭の片隅でぼんやり、きっと大学に行くことになるんだろうなとは思っていたけど。音楽大学という選択肢は俺の中に一ミリだってなかったな。

唐突に六年前のサヤの言葉を思い出した。

お母さん、音大でピアノ教えてるねん――。

急に心臓がばくばく暴れだした。いまでも、サヤの母さんは音大の先生なんだろうか？　それはこの大学なんだろうか？　いま目の前で微笑んでいるサヤの顔をした女性は、サヤの母親を知ってるんだろうか？

「大学のホームページから申し込みできるはずだから、もし、興味があれば」

さりげない感じの微笑みには懐かしささえ滲んでいる。彼女は、顔だけでいうと完璧にサヤだった。ネームプレートのついていない彼女に名前を聞こうとして、これでもし同じだったら本当に死んでしまうと思ってやめたけど、店主のおじさんが『こゆきちゃん』と呼ぶのを聞いたらへろへろと力が抜けた。

デカいポスターを縮小コピーしただけのチラシを握りしめて家に帰り、ホームページからオープンキャンパスの申し込みをした。教員一覧のページがあったけど、どうしても、サヤの母親を探し当てる勇気は持てなかった。

ワン・オン・ワン

　最近ずっと、家の中がぴりぴりしてる。気象庁が梅雨入り宣言をして、ただでさえ毎日ジメジメしているのに、家に帰ってもこれじゃやってらんないな。

　ぴりぴりは長女が要因だった。ずっと優等生だった雪ちゃんは、中学校を無事に終え、高校も無事に終え、大学生になってやっと遅すぎる反抗期を迎えたらしい。

「こんな時間までどこを出歩いてたの？」

　きょうも夜の十一時を回ってから玄関のドアを開けた姉を、鬼の形相の母親は仁王立ちで出迎えた。雪ちゃんはちょっと顔をしかめて、考えてるみたいな顔をしてから、ゴメンナサイと素直に謝った。

「お母さんはどこに行ってたのか聞いてるのよ」

　お母さんと雪ちゃんの喧嘩というのはほんとにレアで、はじめのうちはものめずらしい気持ちで見てたんだけど、こうも毎晩だとさすがに参るな。これが始まるとお父さんもそそくさと寝室へ逃げていくようになった。娘のこと全部を丸投げする夫に、妻はもっと怒るから、すごい悪循環。お母さんは最近ずっと怒っている。その怒りがわたしにも飛び火する。ほんのちょっとのことでチクチクガミガミ言われてそろそろ胃にデカい穴があきそうだ。

「結局どこ行ってたの？」

大学生にもなった身内の生活を追及するのはナンセンスだと思うんだけど、ついに耐えかねて聞いてしまった。お風呂上がりの雪ちゃんは自然体に美しくて、地上に降りてきた女神様みたい。

「朝日ちゃんがそういうこと聞いてくるの、めずらしいね」

雪ちゃんはごまかすように笑った。こういう曖昧な微笑みを姉はいったいどこで覚えてきたのだろう。

自分でもそう思う。

「言えない？」

わたしはさらに訊ねた。

「あんまり、言いたくない」

雪ちゃんは困ったふうに苦笑する。うなじから髪を持ち上げる白い指先からは、どうにも隠せないような女のにおいがした。いま、雪ちゃんのいちばん近い場所には、わたしの知らない誰かがいるのかもしれないと直感的に思った。

「ねえ、朝日ちゃん」

諦めて部屋を出ようとしたところで呼び止められた。

「両思いだと思ってた人に突然拒絶されたら、そこにはどんな理由があるんだと思う？」

そういうクイズみたいなのは好きじゃないな。知らないとだけ答えて部屋を出た。冷たい対応をしちゃった。なんにも話してくれないのがすごく悔しかった。雪ちゃんが遠くへ行っちゃう気がして、すごく嫌だった。

雪ちゃんが〝両思い〟だと思っているわたしの知らない誰かは、いったいどういう人なんだろう？


相変わらず雪ちゃんは夜遅く帰ってきて、清見はショパンを弾いていて、わたしは坂の上の公園へせっせと通っていた。たまに先走った時間に行ってしまうと、部活帰りの清見と鉢合わせて、少し言葉を交わしたりもした。

しゃべっているとき、清見ってたまにおかしな顔をする。どこかへ行っちゃうみたいな顔。置いてけぼりを食らうわたしはいつも追いかけようとするんだけど、いつのまにか清見は戻ってきていて、タイムマシンに乗ったような不思議な感覚になる。

清見は、ショパンを教えてくれた人はもう死んでしまったと言った。あんまりふいうちの告白で、なんにも聞けなかったな。とてもデリケートな、大切なことだと思ったんだ。簡単に足を踏み入れることなんてできない。

清見の弾くショパンはどんな夜に聴いても素敵だった。恥ずかしいから聴かんといて、とはにかみながら、それでも弾いてくれる清見は優しいピアニストだった。

きっと、清見にショパンを教えてくれた人もこんなふうな素敵なショパンを弾くんだろう。いつか聞けたらいい。その人のこと。その人の音楽のこと。


中間テストの最終日、早帰りだし部活がないからクラスのみんなでご飯に行こうと言い出したのは遠藤くんだった。もちろん予定のある人もいて、全員が参加したわけではなかったので、わたしも当然帰ろうとしたのだけど、いつのまにかすっかりクラスに馴染んでいた片瀬さんに連れられるような形で参加となったのだった。

そんなに広くないファミレスにクラスの半分くらいがぎゅうぎゅうに詰まっている。六人席に八人座っているせいで、狭いとかあっち行けとか様々の文句が飛び交いあう。わたしたちのテーブルも同じだった。わたしの左隣には片瀬さんがいて、右隣には清見、そのまた右には遠藤くんがいる。どうしてこんな並びになったのかはわかんない。

たぶん、店に入ってきた順番でこうになったと思う。

右肩が清見の左腕と必要以上に密着している。カッターシャツ越しの二の腕は見た目よりずっと硬い感じがした。こんなにしっかりした腕で、清見はあんなに繊細なピアノを弾くのだと思うと、触れているところがじんわり熱くなるような気がした。

「北野さん、狭くない？」

微動だにしないわたしに、いちばん通路側に座っている片瀬さんが耳打ちしてくる。小さくかぶりを振って大丈夫だと合図する。

「あ、狭い？」

やり取りに気づいた清見が声をかけてきた。指先にフライドポテトをつまんでいる清見は、単なるいちクラスメートという感じがした。実際そうなんだけど。ただのクラスメートであることに間違いはないんだけど、いまみんなと笑い合っている清見と、坂の上の公園で会う清見とでは、なんだかぜんぜん別な人に思える。

遠藤くんとしょうもない言い合いをしては笑い、目の前に座るクラスメートたちともテンポよく軽口を叩き合う。清見は何の変哲もない男子高校生なんだと思った。それは、球技大会のときに感じたのとはちょっと違う感覚だった。

「食べへんの？」

「ちょこちょこ、食べてるよ」

ファミレスにいた数時間のうち、わたしと清見が交わした会話はたったこれだけ。

おかしいよ。静寂に包まれた夜の公園よりもずっと賑やかで話しやすい環境のはずなのに、隣どうしに腰かけるブランコよりもずっと近い距離にいるはずなのに、清見のことすごく遠い存在に感じる。見えない薄い壁が一枚あるみたいに。

クラスメートとしゃべっている清見の横顔、ずっと見ていたけど、わたしと話しているときみたいにどこかへ行っちゃうことなんか一瞬だってなかったな。

ファミレスの後はカラオケに行くとか行かないとかで、出入口の前にぐだぐだと溜まった。なんとなくその輪の端っこにいて、いつ帰ろうかとタイミングを見計らっていたときに、わたしは最近ずっと帰りの遅い姉の姿を見かけたのだった。

道の向こう側を歩いている雪ちゃんの隣にはやっぱり男の人がいた。手も繋いでないし、腕も組んでないけど、どうしてもただの友達には見えない。ひょろりと背の高い男性には独特のオーラみたいなものがあった。このオーラをわたしは知っている気がした。突き抜けるように自由な感じ、どこか掴みきれない空気感――。

「……陽斗？」

思わずつぶやいたら、全身を這うようにぞわっと鳥肌が立った。足がふわふわと浮かんでいるみたい。体重が全部なくなっちゃったみたい。気づいたら足がせわしなく動いていた。車通りの少ない道を突っ切って渡っている途中で、どこ行くねん、とかすかな声が聞こえた。たぶん清見の声だったけど、振りむいて返事をしている余裕はなかった。

「雪ちゃんっ」

話しかけるまでぜんぜんこっちに気づかなかったらしい。ふたりはわたしの顔を見るなり心底驚いたってふうに目を開き、それから気まずそうな苦笑を浮かべた。すごい嫌な顔だった。なにかをしゃべる気力がなくなっちゃうくらい。

「久しぶり」

黙っているわたしのかわりに声を出したのは陽斗だった。能天気な再会の挨拶。前髪の下の目が薄く笑ってる。陽斗は、三年前からいっこも変わんないな。

「元気だった？」

「それは雪ちゃんに聞いてたんじゃない？」

喧嘩腰な言い方だって自分でもうんざりする。それでも陽斗は笑って、拗ねるなよと大人の対応をする。もっとむかむかする。どうして、こんなにもむかむかするの？

「ずっと会ってたの？」

陽斗ではなく雪ちゃんに訊ねた。雪ちゃんはきょうも曖昧に笑った。その笑顔は、朝日のお姉ちゃんではなく、陽斗の女って感じで、本当に吐き気がした。

雪ちゃんと陽斗のことが好きだった。中学のとき、いまよりもっともっと全部が大嫌いで仕方なかったとき、ふたりだけがわたしの世界で強烈に輝く好きの気持ちだった。ふたりの世界がいっしょになったらどんなに素敵だろうって思っていた。同時に、そうなったらわたしは簡単に置いていかれてしまうんだろうと予感もしてた。

予感は的中だ。もうずっと前から、わたしは置いてけぼりだったんだ。わたしだけがカヤの外だった。なんにも知らなくて。ひとりだけ子どもで。

お母さんと喧嘩する理由がわたしも知ってる人なら、言ってほしかったよ。近くにいるんだったら、わたしにも会いに来てほしかったよ。陽斗の言うようにこんなのは拗ねているだけだ。仲間外れにされてキーキー怒る子どもと変わらない。すごく嫌だ。こんなふうに子どもっぽい自分は嫌だ。頭が沸騰したみたいに熱い。

逃げるみたいに踵を返した。道の向こう側でクラスメートたちはまだたむろしていたけど、あの輪に戻る気にはならなかった。

「北野っ」

初めて呼び捨てにされたと思う。マグマみたいにぐつぐつと煮えたぎる頭の中に追いかけてきた人の声が落っこちて、すぐに蒸発して消えた。わたしを追いかけてきたのは、雪ちゃんでもなく、陽斗でもなく、なぜか、清見蓮だった。

「帰るん？」

清見の指先がわたしの肘のあたりを掴んでいる。強くて優しい力加減。

「帰る」

わたしはうつむいたままぶっきらぼうに答えた。

「なら、送る」

どうして？　ファミレスではほとんど話しかけてこなかったくせに……。

「カラオケに行くんじゃないの？」

非難するみたいな口調になってしまった。お門違いな言い方だなと自分で思って死にたくなる。

清見はなんにも答えなかった。わたしは黙って歩きだした。清見も黙ってついてきた。なんで、ついてくるわけ？

「……あの人、知り合い？」

十分以上の無言が続いたあとで清見はぽとんと言った。ちょっとかすれた声だった。

わたしよりずっと歩幅が広いはずの清見は、一度もわたしを追い抜かさないで、ずっと後ろを歩いている。

「あの人って？」

「さっきの……」

雪ちゃんのことを言われているのか陽斗のことを言われているのかわからない。

「女の」

ああ、雪ちゃんか。

「お姉ちゃん」

わたしは簡単に答えだけを言った。すぐ後ろでスニーカーが動きを止める気配がした。思わず振り返る。夜の暗闇の中で、清見は狐につままれたみたいな顔をしていた。

「楽器屋でバイトしてる?」

「さあ。どうだろ」

バイトの話とか、そういえばしたことがないな。

「音大通ってる?」

「うん……」

その質問に答えてはっとした。もしかして清見、雪ちゃんを知ってるの?

「俺、楽器屋でたまに会うねんよ。『小雪ちゃん』」

清見はなんともいえない顔をしてた。どこかゆがんだ感じの笑顔は、嬉しいとも悲しいとも形容できなくて、わたしは返答に困ってしまった。

清見は、楽器屋で会う〝小雪ちゃん〟のことを好きなのかもしれない。恋をしているのかもしれない。

急に胃と心臓の真ん中あたりが痛むような感じがした。いきなり、雪ちゃんのことを大好きだと思う絶対的な気持ちがぐらぐら不安定に揺れ始めて、そこからなにか大きな亀裂が生まれるようで、とてつもなく恐ろしかった。

雪ちゃんとしゃべらないとわたしは家でほんとに無口だ。いまの状況は喧嘩するよりもずっとタチが悪い。雪ちゃんが明らかにわたしを避けていて、それでも顔を合わせてしまうことがあればあからさまに気まずいって顔をされて、わたしはそれにメチャメチャに腹が立って。あまりに腹が立ちすぎてこっちも文句を言ってやる気すら起きないので、お互い無視してるみたいになる。雪ちゃんとこんなふうになってしまうのは生まれて初めてだからほんとにキツい。

清見のピアノはずっと聴きに行っていない。雨の日が続いているというのもあるけど、いまはとても聴きたいという気持ちになれないのだ。清見は雪ちゃんのことを好きなのかな？　聞きたくて、聞けなくて、もやもやした気持ちが心の中に沈殿して、どんどん積み上がって、固まって、このままじゃ体ごと化石になってしまうよ。

これまでぜんぜん会うことなんかなかったのに、一度会ってしまうと不思議なくらい簡単に鉢合わせたりするものだ。次に陽斗に会ったのは、あの夜から一週間もたたないうちだった。

学校からの帰り道、あんまり蒸し暑いのでコンビニで水を買おうとしたら、ふいに後ろから百円玉がぽろぽろと降ってきたんだ。びっくりして振り返ったら、見覚えのある無重力な笑みがわたしを見下ろしていた。

「おごるよ」

そう言った男はビニール傘を買うところだった。天気予報では午後からずっと雨だと言っていたのに、傘を持たない陽斗は三年前からちっとも変わっていないんだと思うと、なぜだか妙に泣きたいみたいな気持ちになった。

コンビニを出るとなんとなくお互いに足が止まった。なんか食う、と聞いたのは陽斗のほう。お腹はすいていなかったけど、わたしは迷わずうなずいた。目だけでこっちを見た陽斗がちょっと笑う。やっぱり、左の口角だけがきゅっと上がる。

常連なんだと言って連れてこられた、飲み屋街の裏の裏みたいな場所にあるハンバーガー屋はあまり儲かっていそうになかったけど、そもそも儲けようと思って商売をしているふうにも見えなかった。陽斗がこの店を気に入っている理由がわかるような気がした。

「なにがおいしい?」

「なんでも。俺は辛いのしか食わないけど」

そう言った陽斗はレッドチリバーガーを注文した。わたしはアボカドチーズバーガー。女子高生みたいなもん頼むんだなって笑われて、女子高生なんだよって答えたら、彼はどこかしみじみとした目でわたしを見つめた。

「いまはなにしてるの？」

すぐにでも雪ちゃんのことを聞きたかったはずなんだけど、びびって当たり障りのない質問をしてしまう。

「なんにもしてないよ」

陽斗はサクッと答えた。

「なにかするために大阪に来たんじゃないの？」

「大阪だけじゃないからさ」

どういうこと？　とても興味深い答え。

「日本中まわってるよ。いまはたまたま大阪にいる」

陽斗は、旅に目的はないと言った。旅かすらもわからないと。動けるうちに動けるだけ動いておきたいとなんでもなさそうに語る若者は、たとえあした地球がなくなったとしてもひとつの後悔も残らないのだろうと思った。

「雪ちゃんとは大阪で再会したの？」

陽斗がちらっとおでこを上げてわたしを見る。同時にハンバーガーがふたつ運ばれてきて、しまったと思った。間違ったタイミングで聞いちゃったな。きっと、この話題はなかったことにされるんだろうな……。

「そう、お姉さんとは、たまたま」

しかし、一度ぷつっと途切れた会話は、再生ボタンを押したみたいにちょうど続きから始まった。

「さっき朝日と会ったみたいな感じだったよ。あのときはコンビニじゃなくて本屋だったけど」

陽斗はなんの躊躇もなく雪ちゃんの話をした。あんまりあっさりだったので面食らって、だんだんおかしな違和感を覚え始めて、そしたらわたしはアボカドどころじゃなくなってしまった。

「つきあってるの？」

我慢できなくなって単刀直入に聞いた。陽斗はかすかに笑みを浮かべると、返事はしないままハンバーガーにかぶりついた。それじゃ、イエスかノーかわからない。

「違うの？　つきあってないの？　一度も？」

咀嚼《そしゃく》しているところに容赦なく質問を浴びせる。陽斗は勘弁してくれという感じに笑う。

「どうして？」

やがて口の中のものを全部飲みこんだ陽斗は、続いてひとくちジンジャーエールを飲むと、やっとわたしの質問に答えたのだった。

「すごく大切に育てられてきたんだろうなって思うから」

答えみたいだけどそうじゃない、宙に浮いてるみたいな言葉。

「俺は、なにかを大切にするのは苦手なんだ」

カッと頭が熱くなるのがわかった。なんの衝動かは自分でもわからなかったけど、気づけば席を立ち上がっていた。

「雪ちゃん、ぜんぜん反抗期とかなかったのに、毎晩お母さんと喧嘩して、わたしでもびっくりするくらいかたくなで」

わたしはなにをこんなに怒っているんだろう？

「ぜんぜんなんにも話してくれないけど、それは陽斗のことがきっとすごく大切だからだって思う。簡単にしゃべれないんだよ。陽斗みたいに軽々しく口になんてできないんだよ」

どうして、そんなふうに笑うの？　悲しそうに。寂しそうに。

なにも望んでいないみたいに、冷たく。

「陽斗は雪ちゃんのことを好き？」

三年前にも同じ質問を二度したことがあった。あのとき陽斗は、どちらとも明確な答えをくれなかったんだっけね。

「なんでそう思うの？」

今回のは史上最低の返事だった。わたしはなんにも答えないで、テーブルの上に乱暴に千円札を置いて店を出た。


陽斗に会ったこと、雪ちゃんには内緒にしてる。

清見蓮という男の子がクラスメートだということも。

無視しあってるから言うタイミングが無いというのもそうなんだけど、それをきっかけにして仲直りというか、なにか変えられる可能性はゼロじゃないとわかっていても、どうしても雪ちゃんと話す気が起きなかった。いま会話したら取り返しがつかないほどズタズタに傷つけてしまうんじゃないかって思えて怖いんだ。

最近わたし、怒ってばっかり。清見ともどんな顔をして会えばいいのかわからなくて、たぶん向こうも同じような気持ちで、教室でも目すら合わない。ピアノはやっぱり聴きに行けてない。教室の清見しか見ていないと、彼がショパンを弾く人だということをすっかり忘れてしまう。清見も自分がショパン弾きだということを忘れてしまっているんじゃないかと不安になる。

放課後の体育館が静かなのは異様だった。不思議に思って覗いてみると、なぜかバレー部とバスケ部がいなかった。きょう、なんかあったんだっけ？

なんとなく、ローファーを脱いで足を踏み入れてみる。埃《ほこり》みたいな、ゴムみたいなにおいがする。体育の授業で使っているのとはぜんぜん違う場所みたいだ。ひとりぼっちで立つ体育館はとても広々として爽快で、がらんとしてちょっと寂しい。

少し開いている体育館倉庫には様々なものがあった。バスケットボールが詰めこんである大きな籠《かご》がいちばん手前にあって、引っぱってみると、それは重さで思いのほか勢いよく外に飛び出した。錆《さ》びかけた鉄製の籠がギシギシと鳴く。小さな車輪は苦しそうにずっと鳴いている。清見はこの音を毎日聞いているんだと思うと不思議だった。一度、部活を見たことがあったけど、バスケ部員の清見ってのはあんまりぴんとこなかったな。わたしにとっての清見蓮は圧倒的に、〝ピアノを弾く人〟なのだ。

バスケットボールは両手で持ってもずしんとくる。立ち止まったまま狙いを定めて放っても、なかなか上手いこと入らないもんだな。球技大会でひとつだけ決めることのできたゴールはきっと奇跡だった。

「北野は右利きやから、どうしても左へいっちゃうねんな」

背後からいきなり声をかけられて、心臓が口から出るかと思った。

「筋力って左右でちゃうからさ、リリースんとき右の手首のスナップのほうが無意識に強くなるねん」

足元に転がっているボールを拾い上げ、清見が簡単そうにぽんと放る。美しい放物線を描いたボールは、ぶつかることなく、吸いこまれるように輪っかをくぐった。

「いうて、俺もシュートは苦手なんやけど。シュート以外もできひんけど」

右の手首をぐるぐる回しながら清見は恥ずかしそうに笑った。

「あと、そのボール男子用やでな」

「男女で違うの？」

「そら体格差あるしなあ」

言いながら、もう一球を空にむかって放つ。ボールはまた輪っかをくぐり、軽快なステップで床を跳ねていく。

「あんなとこまで届くなんてすごいね」

「小学生のころからやっとったら、これくらい誰でもいけるで」

「そんなに昔からやってるの？」

「まあ、ちゃんと部活としてやり始めたんは中学からやけど」

一途に続けられるものがあるって、いいな。純粋にそんなふうに思ったのは自分でも意外だった。

「ピアノも、ずっと？」

清見といえばもうひとつのことが頭に浮かんだので素直に聞いてみた。今度は声に出さず、清見は前を向いたまま無言でうなずいた。

「ピアノとバスケって変な組みあわせだね」

バスケって、すぐに指をダメにしてしまいそうじゃない？

「それなあ、妹にもめっちゃ言われんねん。あ、いっこ下にクソ生意気なんがひとりおってな」

清見は妹のすみれさんのことを少しだけ話してくれた。中でもフェイスパック姿が殺人鬼にしか見えない話はインパクト抜群だった。兄と妹というのは、姉と妹とはきっとまるっきり違うんだろうな。すみれさんに会ってみたい。すみれさんのお兄ちゃんをしている清見は、学校とはまた違ったふうな顔をしているのかな。

「勝負せえへん？」

ずっと退屈そうに指先でくるくるとボールをいじっていた清見が、突然思いついたように言った。

「勝負って？」

「ワン・オン・ワン。手加減はする」

清見はわたしの返事などいっさい聞かないで、散らかったボールを手際よく片づけると、倉庫から女子用のボールをひとつ出してきた。それがいきなり、ぽんと胸の前に飛んでくる。

「最初は北野が攻めな」

ボールを持ったままぽかんとしてしまう。

「ドリブルして走るねん。球技大会でやっとったのといっしょや」

わけもわからないまま、言われるがまま、手のひらを地面に向けてボールを手放してみる。一度床をうったボールは素直にわたしの手のひらへ戻ってきた。何度か繰り返していたら清見が楽しそうに笑った。

「上手いやん！　そしたら、空いてる左腕で俺のディフェンスをいい感じにかわすねんで」

なに、いい感じって？

「急にムズいよ」

「ムズくないって……、そう、そのまま走ってゴールの下行け！」

対戦相手なのかコーチなのかよくわからない言葉に誘導されながらやってみると、意外にも簡単にゴールの下まで行けてしまった。このままシュートしたらいいのかな？　なんてぼんやり考えていたら、いつのまにかわたしの右手にあったはずのボールが消えていた。魔法みたいに、一瞬のうちに。

思わずきょろきょろしてしまう。視界の端で、清見がニヤニヤしてる。ボールは彼の左手に収まっていた。いつのまに？

「……ぜんぜん手加減してないし」

「してるしな」

どの口が言うんだか。ニヤニヤして！

「ほな、次は俺がオフェンス」

清見がぴゅうと口笛を吹いたのを合図みたいにして、攻守を入れ替えた一対一は再び始まった。

現役のバスケット部員は、ドリブルしながら体をくるくるとまわしてみせるし、手品みたいにボールを足の間にくぐらせたりもする。ワン・オン・ワンどころか、わたしはきっと障害物にすらなってないな。

「おもろいな！」

ふたりとも肩で息をするようになったころ、つるつるの床にへたりこんだ清見が楽しそうに声を上げた。

「たまにはこういうのもええな。ずっと、遊びのバスケなんか忘れとった」

「わたしは疲れただけだよ」

それから、味わう必要のない屈辱を受けただけ。

「北野かて本気になっとったやん！」

「だって手加減するなんて嘘っぱちで、腹立ったんだもん」

わはは、と大きな口をあけて清見が豪快に笑う。

「北野ってそういうとこあるやんな。おかげでほんまにおもろかったで」

言いながら、ネクタイを乱暴にほどき、シャツのボタンをひとつだけ外す。清見はどうしようもなく男子なのだと思い知ってしまう。なんで突然、こんなこと。

「〝小雪ちゃん〟には会ってる？」

陽斗といい、清見といい、最近わたしは雪ちゃんのことを聞いてばかりだな。

清見は不意を突かれたように一瞬フリーズして、それから下唇を軽く噛みながら瞳を左右に動かした。返事に困っているのだと思った。また、胃のあたりがぎゅっと痛くなる。

「たまに会うで。楽器屋行くと……」

清見はそこで一度言葉を止めた。

「なあ、めっちゃ女々しいこと言うても引かへん？」

どこか弱々しくそう言った清見の手から、優しいパスが飛んできた。たぶん顔面に当たっても鼻血は出ないくらいの優しさ。わたしがボールを胸の前でしっかり受け取ると、彼は眉を下げて笑った。

「小雪ちゃんは、俺にショパンを教えてくれた人と似てる」

いま清見は、とても、とても、大切な話をしようとしているのかもしれない。
「いや、似てるとかいうレベルちゃうな。ほんまにいっしょの顔やねん。最初見たときなんかオバケかと思ったもん」

ふいと逸らされた清見の横顔が、いつものようにどこかへ行ってしまう。けれどいまなら追いかけられる気がした。そうか、こういう顔をしているときの清見はいつも、過去の記憶の中に残してきた大切な人に会いに行っているんだね。

清見にショパンを教えてくれた人。もう死んでしまったという人。それは、清見にとって、きっとどうしようもないくらい大切な人なんだ。昔も。いまも。たぶん、これからも、ずっと。

「その人も清見みたいなピアノを弾くの？」

無意識のうちにわたしは聞いていた。

「ぜんぜんちゃうよ」

清見は息を吐くように笑い、静かに言う。

「その人のショパンも聴いてみたかったな」

「うん。せやな……、北野に聴いてほしかったかもしらん」

「上手？」

「魔法」

甘い音色が耳の奥から聴こえた気がした。清見のピアノも魔法だよ。だから、たぶん、『ぜんぜんちゃう』ことはないと思うんだよ。清見が女性のような音楽を奏でる理由、やっとわかったよ。

「これからも弾き続けないとダメだよ」

清見はくにゃっと力なく笑った。そしておもむろに立ち上がると、前方のステージのほうへ歩いていった。

「ピアノ、勝手に使ってええかな」

年季の入ったグランドピアノの蓋が開く。いくつもの弦が顔を覗かせる。白と黒の鍵盤が行儀よく並んでいる。

椅子に腰かけた瞬間、さっきまでバスケ部員の佇《たたず》まいをしていたはずの男は、完璧なピアニストへと変貌を遂げていた。最高のショパン弾きはまるでそうするのが癖みたいに、ごく自然な動作で『パガニーニの思い出』を弾いた。呼吸すら忘れた。振動となった音が鼓膜を揺らし、体を震わせ、内臓さえも撫でていく。

清見は弾き続けなければならない人だと思った。そこに誰も、なにも、関係ない。

清見とピアノ、それだけだ。

清見にショパンを教えてくれた人は、そのことをわかって、彼に音楽を与えたのかもしれない。

パガニーニの思い出

最近、コーチがやたら厳しい。最初はなんか機嫌ワリィのかなって思ってたけど、どうやらそういうわけでもないらしかった。

「コーチは、本気で清見を使えるポイントガードにしようとしてんねんな。先輩らんなったら清見がいちばん上手いガードやし」

遠藤に言われてヒヤッとした。喜びよりもヤバイって気持ちのほうがずっと大きいのはマズかった。俺は使える1番になんかなれそうにもない。へたくそ具合に失望して厳しくされるより、なにかを期待して厳しくされるほうが、ずっとしんどいよ。その期待に応えられる確率が限りなくゼロに近い場合はよけいに。

「なんか、蓮くん、元気ないね」

ピアノピースの在庫を数えながら小雪ちゃんが言った。

「そう?」

優しい言葉をかけてもらえたことが嬉しくて、だけどそんな気持ちを露《あら》わにするのは恥ずかしくて、俺は必要以上に白々しく答える。

楽器屋なんてこれまでは年に一度行くか行かないかくらいだったはずなんだけど、最近はなんか、よく通ってる。小雪ちゃんはだいたいいて、三回目に顔を合わせたときくらいからこんなふうに親しげに微笑んでくれるようになった。

「学校でなにか嫌なことでもあった？」

学校のことはたまにこんな感じで突っこまれたりすることもあるけど、小雪ちゃんはいつまでたっても北野の話をしようとしないんだよな。俺が北野のクラスメートだってことは知らないのかもしれない。北野って、クラスメートのことを嬉々として姉に話すような女子に見えないし。

俺も、なんとなく言えなかった。妹と同じクラスです、と伝えた瞬間から、小雪ちゃんにとって俺は〝妹の同級生〟になってしまうんじゃないかと思って。ちょっとヨコシマな気持ち。べつに、なにを期待しているわけでもないんだけど。

「最近さ、なんか、部活、上手くいってへんくて」

「そうなの？　何部だっけ？」

「バスケ部」

バスケは嫌いじゃなかったはずだ。けど、最近は部活に行くのがほんとにダルい。

俺は良いガードになるためにバスケやってるわけじゃない。試合でスーパーな活躍をしたいわけでもない。なんとなく体動かして、なんとなく楽しくて、そんな感じになんとなくでやれてたらよかったんだよ。俺は遠藤にはなれないよ。

「へえ、知らなかったな。部活かあ、いいな。わたしはなんにもしてこなかったからちょっと後悔してるんだ」

　小雪ちゃんは純粋すぎる瞳をして言った。

「二年生ならあと一年くらいでしょう？　引退しちゃったら、いまのしんどいって気持ちもきっと宝物になってるんじゃない？」

　そうかな。そういうのって、この気持ちをチームメートと分かち合ったときに生まれる感覚なんじゃねえの。

　俺は曖昧に笑ってうなずいた。引退してみないと、わかんねえや。

「そうだ、蓮くん、うちのオープンキャンパスどうするの？」

　いきなり小雪ちゃんが思い出したように声を上げた。

「あ、うん、行く予定してるで」

「ほんと？　誰かといっしょ？」

「ううん。ひとり」

　クラス合唱の伴奏担当みたいな女子が行くようなことを言ってたけど、そんなに仲良くないし、そもそも俺がピアノ弾くことを学校のやつらは誰も知らないわけで、誘うってのも変な話だ。学校のやつらにいまさら説明するのはけっこうめんどいよ。いろいろと。北野朝日は、例外として。

「じゃあいっしょに行く?」

小雪ちゃんはなんでもないことみたいに提案した。

「わたし、案内するよ。専属のガイドさん。なかなかいいでしょう?」

そんなふうに無邪気に笑わないでくれよ。心がかき乱されるよ。

こないだクラスのやつらとファミレスに行ったとき、そう、小雪ちゃんと北野の関係を知った夜、彼女の隣を歩いていた男はきっと恋人なんだろうな。

不思議なほど、ショックだとか残念だとかいう気持ちにはならなかった。ただ、じんわりと寂しい感じがした。

もし普通に生きていたら、サヤはいまごろ結婚して、子どもを産んで、良い奥さん、お母さんになっていたのかもしれない。そういうサヤを見られなかったことが寂しいのか、サヤがほかの誰かのものになってしまうことを想像して寂しいのか、自分でもよくわからない。


ぜんぜん練習に身が入っていないのが自分でよくわかる。つまんねえところでミスして、怒られて、またやる気なくして……。毎日ボールに触っているのになんか日に日にへたくそになっていくみたいだ。

たまの試合に出してもらっても俺は散々だった。良いポイントガードとしての動きを求められているのは重々承知だからこそ、逆立ちしたってそんなふうにはなれない自分がほんとに嫌で、そうすると信じられないくらいやる気というものが消え失せてしまう。四十分ってこんなに長かったか？　早く終わっちまえ、という気持ちでやるバスケはひとつも楽しくなかった。なんで俺バスケやってんだろって、試合中にふと考えることさえあった。

たぶんそういう甘さがすべてだったと思う。へたくそなやつが更に手を抜くと、その分の皺寄せというのはどうしても上手いやつにいってしまうんだな。遠藤が怪我をした。相手との無理な接触でやられた。遠藤は自分のミスだと笑って言ったけど、俺はぜんぜん笑えなかった。だって、ちょっとのすり傷じゃなくて、全治三週間の捻挫だぜ。

直接的な原因は俺じゃなかったかもしれない。でも俺は、ポイントガードとして、チームメートとして、友達として、遠藤が無理しないようなフォローくらいはできたはずだった。コーチもそれをわかっていると思う。それでもコーチは俺を責めるようなことをなにも言わなかった。間違った優しさ。いちばん辛い。

俺はいよいよ部活に行けなくなった。休部したら復帰する気力は戻ってきそうにないし、いっそ退部してしまおうかとも思ったけど、本気でバスケをやってこなかった俺はあの場所を完全に去るという選択すらできなかった。

結果的に、ここ数日間ずっとサボってるみたいになっちまってる。松葉杖で登校してくる遠藤が冗談めかしながらも心配してくれてるのが伝わってきて、でもきっとそうしなきゃいけないのは俺のほうなんで、毎日、死にたいくらい情けない。

以前よりずっと暇になった放課後には楽器屋へ足を運んだ。小雪ちゃんは俺の顔を見るたびそっと微笑んでくれた。サヤの見せるそれと完璧に同じ顔で、彼女に会うと、なぜだか俺はいつも泣いてしまいそうになる。


「遠藤くん、怪我したんやって?」

風呂上がりに髪も乾かさないでマニキュアを塗っていたすみれが、いきなりぴしゃりと言った。キャミソールにショートパンツというラフすぎる格好、見ているこっちが風邪をひきそうだ。

「兄ちゃんはそれがショックで部活サボってるん?」

家族には部活に行っていないことを話していなかった。いろいろ言われるのがダルいから、いちおう朝練の時間に家を出て、夕練が終わるころに帰ってきてんだけどな。どうせ遠藤にいまの状況を聞いたのだろう。遠藤とすみれは初めて会ったときから妙にウマが合って仲が良いんだ。

俺は質問に答えなかった。妹はそれを肯定と解釈したらしかった。

「しょうもな。なんでそんなダサいことしてんねんな？」

「べつにそんなんちゃうから」

「なにが違うねん？」

なんで、すみれがそんなに怒ってるんだよ？　めんどいよ。

「兄ちゃんには逃げ癖がある」

いきなり頭をぶん殴られたみたいだった。

「なにかと心から向き合ったことある？　向き合おうとしたことある？」

頭にきたのは完膚なきまでの図星だからだった。俺は、バスケとも、ピアノとも、友達とも、妹とも、クラスメートの女子とも、その姉ちゃんとも、たぶん真正面からぶつかることとなんてできないんだろうって、本当はどこかでわかっているんだ。

「できひんのはな、ずっと、〝岸谷沙耶〟の死と上手いこと向き合えてへんからや」

わかったふうな口をきくなよ。なにも知らないくせに。サヤのことも。俺のことも。あの夏のことも。なんにも知らないだろう？　大切なものが目の前から消えてしまう虚しさを、知らないだろう？

音楽大学というと女ばかりのイメージだったが、実際はそうでもなかった。男もけっこういて、その男どもは〝音楽やってます〟ってな感じにどこか洗練された雰囲気があって、ただの高校生な俺はどうにもそわそわしてしまう。

大学は高校とはぜんぜん違う場所だ。建物はビルみたいにデカいし、敷地はひとつの街みたいに広いし、ほんとにこんな環境でちゃんと学べるんだろうかと不安にもなる。それでも学内のあちこちから聴こえてくる様々の楽器の音色は本当に心地よかった。ピアノ以外の音を聴くことは普段あまりないから、こんなにも美しい響きなのかとしみじみ聴き入ってしまう。

学内に併設されているカフェで昼食をとった。一般の人も利用できるらしいが、店内はほとんど学生の客で埋め尽くされているようだった。

「大学来てみて、どう？」

チーズのココットをふうふうと冷ましながら小雪ちゃんが聞いた。

「うん、なんかこう、ようわからんけど、すごいなって」

「あはは！　いいふうに？　悪いふうに？」

「そら、ええふうに」

休日にもかかわらず、小雪ちゃんは本当にいっしょに来てくれて、あっちは何だとかこっちは何だとかをそれこそガイドのように教えてくれた。学生サロンとか、音楽ホールとか、名称を言われてもちんぷんかんぷんだったけど。ちなみに音楽ホールとは、まんまホールで、学生が自由に小コンサートを開いたりもできるらしい。小雪ちゃんもこないだ、チェロを弾く友達といっしょにステージをやったのだという。誰かに聴かせるためのピアノをまったく弾かない俺には、なんだか別世界のことに思えてしょうがなかった。

ふたりきりの体育館で、あのとき、なぜ俺はピアノを弾こうと思ったのだろう？六年前の夏より後、家以外の場所で、家族以外の前でピアノを弾くのは初めてだった。一曲弾き終えてもなにも言わない北野に俺はほんとにびびったよ。マズい演奏をしちまったかなと思って後悔さえした。だけど北野は、ずっとピアノを弾き続けるんだよと、噛みしめるように言った。弾く前に言われたときとはまた違ったふうに。ドキドキした。じんとした。切なくもなった。それは、サヤが俺に残したのと同じ言葉だったから。

「あれ？　レッスンって十四時からだったっけ？」

腕時計に視線を落とした小雪ちゃんが言う。あわててケータイの液晶を見ると、もう時間の十五分前にまで迫っていた。食後に頼んだホットカフェオレがどうりでぬるくなっているわけだ。

このあとは、オープンキャンパスに来た高校生の希望者を対象とした、講師からの実際のレッスンが受けられる予定になっている。

「そろそろ向かわないとね。教室どこって書いてある？」

「E館の三階……」

5311練習室と書かれていてもさっぱりどこだかわかんね。

小雪ちゃんはすぐに理解したようにオッケーと言うと、当然のようにレジで精算を済ませて店を出た。

「なあ、払うし。せめて自分の分」

「いいよいいよ。蓮くん働いてないんでしょう？　お小遣いはもっと大事なものに使ってよ」

いまがその大事なナントカだと思うんだけど。譲らない俺に小雪ちゃんは笑った。

「じゃあ、また今度ね、蓮くんがおごって」

その目は慈愛に満ちていて、ガキの俺をいじらしいものとして扱っていて、絶対的に圧倒的に大人だった。サヤはよくこんな顔をしていたな。そうだ、十一歳だった俺は、この微笑みに強烈に憧れていたんだ。

小雪ちゃんとは建物の入り口で別れた。レッスンはだいたい一時間を予定しているらしいことを伝えると、待ってると言われた。一瞬なにかを期待して、そういやまだ北館に行っていないことを思い出して、ひとりで恥ずかしくなる。

建物さえ見つけてしまえば指定の練習室にたどりつくことはたやすかった。ドアを開けると黒いデカいグランドピアノがあって、そのむこうから「こんにちは」と上品な挨拶が飛んできた。チワ、と答える。

「蓮くん?」

まさかその次に名前を呼ばれるとは思っていなかったので驚いた。そしてすぐに、あ、と思った。

「清見蓮くんちゃう?」

俺もたぶん、この人のことを知っている。

「サヤの……オカン?」

こんな偶然ってアリかよ? ぜんぜん心の準備ができてなかったよ。講師の名前くらい書いといてほしいぜ。

「わ、やっぱり! びっくりしたあ。めちゃくちゃ久しぶりやね。もう高校生なんやっけ?」

「あ、いま、二年で……」

「まあ、大きなって！　それにしてもええ男になってってねえ」

いい男になんかなってないさ。最近は特に、ダサくて情けなくて女々しくて毎日死にそうだ。

サヤの母親はとても元気そうだった。サヤの面影がある目尻には少し皺が増えていて、時の流れを感じずにはいられなかった。

「まだ、ピアノ、続けてくれてるんやね」

そういう言い方だとちょっと語弊がある。俺は、誰かのために弾いてやってるわけじゃないよ。単なる抜けきらない癖みたいなものなんだ。

「なあ、まだあの子の楽譜残ってるん？」

「はい、全部……。いまでもちょっとずつ、気が向いたのを弾いたりして」

「そっか。ほんまにありがとうね」

残っているのは楽譜だけじゃなかった。サヤがくれた手紙、どうしても読み返すことができないあれも、たしか、ショパンの作品集のどこかに挟んでしまってあるはずだよ。

「なんでもええよ」

サヤの母親が鍵盤を撫でながら言った。

「蓮くんの好きなん弾いて。レッスンするわな」

好きな曲はひとつしか思い浮かばなかった。鍵盤に指を乗せると勝手に弾いてしまう曲、それくらい弾きこんできたこの曲を、俺はもう〝完成〟させることができたのかな？

――『パガニーニの思い出』。

けっこう弾けるようになったと思うよ。けど、出来を評価してくれる先生がいなくなっちまって、ゴールを見失ったこの曲は、亡霊みたいにずっと俺の中を彷徨い続けている。

音大に置いてあるピアノというのは、いい奏者に弾き続けられているからか、とても良い音が鳴った。喉が渇いているときに飲む冷たい水のような爽快感。なんでもないはずなのにいちばん特別な感じ。

サヤの母親はなにも言わなかった。右側を見て、俺も言葉が出なかった。彼女は、静かに涙を流していた。

「ありがとう」

突然そんなことを言われて戸惑う。

「ごめんなあ、蓮くんにはレッスンはできひん」

こらえきれないように彼女はわっと嗚咽した。

「わたし、沙耶とおんなじピアノを弾く子に、とても教えられへんよ」

背中を丸め、両手で口を覆って涙する姿を見て、彼女は少しもサヤのことを忘れていないのだと思った。忘れたふりで心に蓋をして、明るく笑って楽しそうに話していても。そうだよな。そうなんだよ。どれだけ時間が経ったって忘れらんないよ。俺だって同じ。無理やり閉じた蓋は、油断すると簡単に開いて、こんなふうに心のどっかをえぐり取っていく。

「蓮くんは、ほんまに沙耶にピアノを教わったんやね」

まるでサヤが生き返ってここで弾いているみたいだったと、彼女は嗚咽の合間に言った。

ああ、北野に言わないとな。俺のピアノは先生だった人に似ているらしいって。ほんとかなって思うけど。本当だったとして、嬉しいかと言われたら、それもよくわかんないけど。

「あの、北野小雪を知ってますか？　ここのピアノ専攻の……」

泣いているところに追い打ちをかけるようだったけど、俺はどうにも聞かずにいられなかった。サヤの母親は驚いたように目を上げた。肯定のまなざしだ。

「蓮くん、小雪ちゃんを知ってるん？」

サヤの母親はそっと言った。俺はおそるおそるうなずいた。

「他人の空似って、ほんまにあるんやね。小雪ちゃんね、とってもええ子で、先生、先生っていつも無邪気に言うてきてくれて、すごいかわいらしい子よ。死んだ娘にそっくりやなんてとても言われへんくらい……」

心苦しそうな言い方だった。悲しげな微笑み。どうしても娘と重ねて見てしまうと表情全部で言ってるみたいだよ。その気持ちはよくわかって、俺はなんにも言えなくなる。

レッスンを断念したサヤの母親は部屋を出て行った。この練習室とピアノは好きに使っていいと言われて、俺は夢中でピアノを弾いた。良いピアノで奏でる音楽は実に気持ちよかった。

八畳の無機質な部屋に、でっかいピアノと女々しい俺のふたりぼっち。

なんか、ふわふわしてる。夢の中にいるみたいだ。俺は、もしかしたらいまも、六年前にサヤが運んできた真夏の夢の延長を生きているのかもしれない。ふと目が覚めたら十一歳の夏に戻っているのかもしれない。

そうだよ。死んだなんて嘘だ。ぜったい嘘だ。俺がパガニーニの思い出を弾けるようになっているのも、全部全部嘘っぱちだ。あの庭を覗けばサヤがいて、冷えた麦茶を持ってきながら、いつもみたいに笑いかけてくれるに決まってる。

「すごい」

もう何曲弾いたかわからない。ただがむしゃらに鍵盤をたたいていた指を止めたのは、透き通った声だった。

「すごい。蓮くん、そんなに素敵なピアノを弾くなんて思わなかった」

顔を上げて、どうしてサヤがここにいるのかと思って倒れそうになった。ポンコツの脳ミソは正常に働いてくれない。

「二時間も経ってるのにぜんぜん戻ってこないから」

彼女は困ったように笑った。いつのまに二時間も経ってた？　ここはどこなんだっけ？　俺は、いくつなんだっけ？

「ねえ、蓮くんはどこでそんなに素敵なピアノを教わったの？」

おまえに教わったんだろう、忘れたのかと、泣いて責めたくなった。もしかしたら本当に俺は泣いていたのかもしれない。彼女は静かに俺の隣に腰かけ、鍵盤に乗ったままの俺の指にそっと触れた。どうしたの、とささやくように言いながら。

「しんどい」

自分でも無意識のうちにこぼれていた。

「バスケも。ピアノも。ほんまはやりたくないのに、なんでやってるんやろう。なんでやめられへんのやろう」

がんじがらめになっているのがわかる。本当はがんじがらめになんかなれていないことも、わかっている。そうなれるほど俺はなにとも闘えていないから。

ふと、北野の顔を思い出した。いつもなにかと闘っているような挑戦的な瞳。強い瞳。俺の顔を覗いてくる、ふたつの真っ直ぐな――。

「北野朝日は、昔からあんなふう?」

思わず訊ねていた。小雪ちゃんは心底驚いたというふうに目をまんまるに見開いた。

「クラスメートやねん。ずっと知っとって、なのに黙っとって、ごめんな」

小雪ちゃんはいろいろ言いたそうに考えこんでいるようだったけど、しばらくして、いいよとだけ答えて、うつむきがちに微笑んだ。

「蓮くんの言う『あんなふう』がどんなのかはわかんないけど、朝日ちゃんは、昔からずっと変わんないよ」

なんとなく想像できる。強い目をした幼い少女の姿を。

「朝日ちゃんといっしょにいると、たまに痛いの」

その言葉は不思議なほど理解できて、俺の胸の真ん中をズブッと射抜いた。

死んでも自分に嘘だけはつかないって感じに生きている北野は、ずっと見ているとちょっとしんどい。怒るのってなかなかキツいよ。パワーがいる。けど、北野は容赦なく怒る。ぶつかっていく。自分のために。誰かのために。どうしようもないことだって。痛いくらいに、真正面から向き合おうとしてるんだな。

「わたし、ほんとはずっと朝日ちゃんがうらやましかった。いまでも……」

小雪ちゃんは言葉を止めた。長いまつ毛がきめ細やかな頬に影を生む。

「実はずっと、喧嘩みたいなふうなの。どうしても避けちゃうの。わたしと向き合ってくれようとする朝日ちゃんから、わたしはずっと逃げてる。最低なお姉ちゃんだよ」

北野は手を抜かない。片瀬さんに啖呵を切ったのも、遊びみたいなワン・オン・ワンで妙に本気になっていたのも、俺にはあんまりまぶしくて。

重なった指先をつかんで引っぱっていた。いま、俺を見上げているのは、たしかにサヤだった。

愛おしさがこみあがる瞬間というのはどうしようもないんだな。

あの夏、彼女の体温に一度も触れなかったこと、俺はたぶんずっと後悔しているんだと思う。いまでも、ずっと。

指先にくちづけを落とす。体温を持った彼女の指先はじんわりと冷えていた。俺はもう一度くちづけた。もう二度と消えてしまわないように、祈りをこめて。


ホテルに来たことに驚きや抵抗はなかった。ふたりともの足が自然とここへ向かい、自然とここで止まっていた。こうなることは少し予感していた。それは、下心ってのとはちょっと違って。

部屋に入ると俺は彼女を抱きしめた。やわらかい香りがした。心地よい温もりだった。たまらず首筋にキスをする。彼女が小さく震える。俺が、彼女が、生きている証《あかし》に感じた。

俺はサヤを抱いていた。もしかしたら名前を呼んでいたかもしれない。小雪ちゃんはなんにも言わなかった。行為が終わると、彼女は優しく俺を抱きしめ、時おり優しく髪を撫でた。ひどく安心した。誰かの胸に抱かれながら眠ったのは、うんと幼いガキのころ以来だ。

俺はきっと間違えたんだ。それも、取り返しのつかない間違いをしてしまった。早朝に目覚めて、隣で眠る小雪ちゃんの寝顔を見て、しくしくと胸が痛んだ。小雪ちゃんはぜんぜんサヤに似ていない。顔が完璧に同じでも、ああ別人だなって、すぐにわかるよ。

岸谷沙耶は死んだ。彼女はもう生き返らない。俺は、あの夏には帰れない。

素肌をさらしたまま、ベッドでひとり泣いた。こんなふうに涙が出るのは、サヤを見送ったあの夜以来だった。


財布に入っているだけの金を置いてホテルを出た。電車賃のことを考えていなくて歩いて帰る羽目になっちまった。白んだ太陽が目の前に昇っている。こんな俺を容赦なく照らす。まぶしくて目がつぶれそうになる。

無性に北野に会いたくなった。

死んでも会えないと思った。

ぶん殴られそうだな。ぶん殴ってもくれないかな。今夜のことを知られたら、北野はもう目を合わせてさえしてくれないかもしれない。

そんなのは嫌だった。

北野と、もっと話したいことがたくさんある。北野について知りたいことがたくさんある。俺について知ってほしいことがたくさんある。

それは、次の朝を連れてくる昇りたての太陽みたいに新しくて、どこか当たり前みたいな気持ちだった。

プール・サイド

松葉杖で登校してきた遠藤くんも心配だったけど、そのことがあるからなのか、明らかに落ちている清見のほうが心配だった。どうしたのか聞きたくて何度か坂の上の公園で待ち伏せた。だけどこういうときに限ってぜんぜん会わないの。学校ではわたしたちってしゃべらないし。それにしたって、目も合わない日が続くのは、めずらしいけど。

結婚前の女の子が無断外泊なんてありえない——お母さんはそう言って朝まで起きていた。さすがにお父さんもいっしょだった。仕方なくわたしも起きていた。眠ることは許されない空気だったし、やっぱり姉のことは心配だった。

結局、明け方の五時半過ぎ、雪ちゃんは出ていったときと同じ服で帰ってきた。知らないシャンプーの香りがした。いろんなことを想像してしまってどうにも気持ち悪かった。

だけど、いちばん驚いたのはお母さんが雪ちゃんの頬を打ったことだった。叱責するよりも前にお母さんは雪ちゃんに平手打ちした。まだ街が眠っている時間帯に聞くそれは、必要以上に重々しい音をしていた。

「どこでなにをしていたのか言いなさい。誰といたのか言いなさい」

黙ったまま、雪ちゃんはぶたれたところを押さえてうつむいている。

「小雪」

ずっと無言だったお父さんの、静かでも厳しい声に、雪ちゃんの細い肩がびくっと震えた。

「言えないようなことをしてたのか?」

左の頬を真っ赤にした雪ちゃんがお父さんを見上げる。めずらしく泣いていなかった。ただ、ひどく傷ついたように瞳を揺らしていた。

姉はそのまま風呂場に消えた。お母さんとお父さんは寝室に消えた。いつもは偉そうな両親の背中があまりに小さく、弱々しいので、なんだか気の毒にすら思ってしまった。家族みんな起きて待っていたのになにも無しって、雪ちゃん、さすがにちょっとあんまりなんじゃない?

少しだけ眠るつもりが、目が覚めるとお昼をまわっていた。日曜の昼間のリビングに雪ちゃんの姿は見えなくて、お父さんとお母さんが昼食を摂《と》っているところだった。

「どうしてあんなふうになっちゃったんだろう……」

お母さんが大きなため息をついたのが聞こえてきた。思わず、ドアノブにかけた手が止まる。

「小雪はずっといい子だったのに」

返事をするかわりに、お父さんは低い声で唸った。

むかむかしてしょうがなかった。たまらず出ていくと、疲れきったような表情のお母さんにオハヨウと言われた。なんで、自分だけが被害者みたいな顔をするの？

「雪ちゃんと話せばいいじゃん」

わたしは挨拶はせずに言った。

「そんなふうに言うなら、もっとちゃんと話せばいいじゃん」

お母さんが嫌な顔をする。眉間にぐっと深い皺が刻まれている。

「朝から一度も声かけてないの？」

「だって、どうすればいいのかわからないのよ。いままですごくいい子だったのに……突然こんなふうになっちゃって、なにを話したらいいっていうの」

雪ちゃんはいい子だけど、いい子だったけど、本当にそうなのかな？

いつもきれいに微笑んでいる雪ちゃんは、心の中も全部、きれいな色をしているのかな？

そんなわけない。いっぱいいろんなものを隠し持ってて。きっとみんな、隠し持ってて。汚い部分だけを上手く見せないで生きているんだ。わたしはあまり上手じゃないそれが、雪ちゃんは人よりきっと上手なだけだ。

雪ちゃんは、ベッドで眠っているというより、うずくまっているように見えた。

「雪ちゃん」

声をかけるとタオルケットが少し動いた。起きてる。

「誰と泊まってきたの？」

こんなことを聞くのはほんとに嫌だったけど、放っておいたら雪ちゃんがいよいよどこかへ行ってしまいそうで、聞かずにはいられなかった。

「陽斗？」

わたしは単刀直入に聞いた。うなずかれても、うなずかれなくても、わたしはきっと怒っちゃうんだろうなと思いながら。

姉はゆっくりとタオルケットの中から現れた。泣き腫らしたような目。整えられていないぼさぼさの髪。いつもとぜんぜん違う、きれいじゃない雪ちゃん。

「朝日ちゃん、清見蓮くんを知ってるでしょう」

いきなり清見の名前が出て面食らった。うろたえた。

どうしてここでその名前が出るのと思って、なんとなく嫌な感じがして、どうにも続きを聞きたくなくなってしまう。次に言われること、なんとなくわかってしまっている。

「あの子とずっといっしょにいた」

心が形を留められていない。ぐちゃぐちゃにかき乱れてく。動悸《どうき》がする。

どうして？

「つきあってるの？」

やっとの思いでわたしは訊ねた。雪ちゃんは苦々しい感じに無理やり笑った。

「つきあってない」

じゃあ、どうして朝までいっしょにいたの？

どうしていつもと違うシャンプーのにおいがしたの？

雪ちゃんは、陽斗のことを好きなんじゃなかったの？

「たぶん、一度きり」

それを聞いたとたん、頭にカッと血がのぼった。

「まさか、陽斗への当てつけのために清見を利用したの？」

違う、と雪ちゃんがどこか落ち着いて答える。そんなふうに落ち着いていないでよ。

「あれからわたし、陽斗に会って話したんだけど。いろいろ聞いたけど」

ずっと内緒にしていたことをついに言ったら、雪ちゃんはあからさまに怒った顔をした。ふだん怒らないせいですごい変な顔になってる。雪ちゃんの顔に、怒りは似合わない。

「雪ちゃんはそれでいいの？　それとも本当に清見のことが好きなの？」

「朝日ちゃんにはわかんないよ」

雪ちゃんはきっぱりと言った。それでも、震えた声だった。

「好きな人に必要とされなくて悲しい気持ち、強い朝日ちゃんには一生わかんないっ」

わかんない――かもしれない。けど、わかりたいとは思う。雪ちゃんの気持ち。悲しいと思っていること。そんなに声を荒げるくらいのこと。わたしもいっしょに闘いたいって思う。雪ちゃんのこと、好きだから。どこにも行ってほしくないと思うから。

「陽斗くんは、わたしがいなくても大丈夫なんだよ」

ゼログラビティな笑顔を思い出した。陽斗はきっと誰がいなくても、誰がいても、関係ないんだろうと思うよ。陽斗のそういう自由さや涼しさみたいなものが、わたしはずっと好きだった。

「陽斗くんの、そういう、誰にも、なににも捕われないところ、自由な感じ、高校のころからずっとすごいなって思ってた。普通に学校サボれるなんていいなって勝手に憧れてた。再会しても陽斗くんはぜんぜん変わらなくて、すぐに好きになった。ほんとは、高校のころからずっと好きだった」

雪ちゃんは喉につっかえているものをひとつひとつ吐きだすように、ゆっくりしゃべった。

「だけどむずかしいの。陽斗くんの好きなところ、距離が近づくたび、どんどん嫌になっていく。わがままになる」

雪ちゃんの〝好き〟は、わたしが陽斗に抱いているそれとはぜんぜん違うかたちをしてる。もっと複雑で、曖昧で、深くて、面倒くさくて、だけどきっと、奇跡みたいに輝いている。

恋をすると人は変わってしまうんだろうか。ずっと優等生だったイイコが、いきなりお母さんと喧嘩しちゃうように。なににも捕らわれず、流れる水のように生きている男が、どこかかたくなになってしまうように。

そう、向かい合ってハンバーガーを食べながら、陽斗は雪ちゃんをとても好きなんじゃないかと思ったよ。そういう目をしていた。陽斗がなにも望もうとしないのは、雪ちゃんのことをとてもとても大切に思っているからだ。

「それは陽斗に言ってよ」

どうしても突っぱねた言い方になってしまう。

「陽斗が雪ちゃんを必要としてなくても、雪ちゃんは陽斗じゃないとダメなんでしょう？　どうしようもなく好きなんでしょう？　傷ついた勢いで清見と簡単に寝ちゃうくらい――」

言いながら、胸やけを起こしたみたいに気持ち悪くて仕方なくなる。

「清見、雪ちゃんのこと、すごく大切な人に似てるって言ってた」

どうしてこんな気持ちになるの？　切なくて苦しくて痛い。

「雪ちゃんは同時にふたりの気持ちを踏みにじったんだ。最低なことしたんだ」

雪ちゃんが先に泣いたら、わたしが泣けなくなっちゃうじゃん。たまらなくなって部屋を出た。リビングでは相変わらずお父さんとお母さんが深刻そうに座っていて、もっといらいらした。

「ねえ、雪ちゃん、部屋で泣いてるよ」

吐き捨てて、そのまま家を飛び出した。これからお母さんが雪ちゃんと話をするのかはわからない。もしかしたら、帰ってきても家の中はなんにも変わってないのかもしれない。

坂の上の公園に行った。清見のショパンは聴こえない。聴こえなくてよかった。いま彼の音楽を聴いてしまったら、こんな場所でみっともなく泣いてしまうだろう。


ブランコに座ったままぼけっとしていた。お腹が空いて、時計を見て、夕方の五時を過ぎていたのでぎょっとした。いったい何時間ここにいたんだろう？

「大丈夫？」

どこかツンと澄んだ声と、長く伸びた影が目の前に落ちる。顔を上げると、すらりとした女の子がわたしを見下ろしていた。カップ付きのキャミソールに短パン、足元はビーチサンダルという、真夏みたいな格好。

「昼も見かけてんけど。ずっと居ぃひん？」

きれいな子だ。飾り気のない整った顔立ちの中には少し幼さも見えて、ぱっと見じゃいくつなのかわかんない。

「もしかして家出？」

いきなりずけずけと聞かれてびっくりする。

「べつに……」

「なんやねんな。言うてみ」

彼女は隣のブランコにどかりと腰かけた。細く長い脚が地面を蹴ると、キコキコと鉄の鎖が前後に動き始める。それを不思議な気持ちで見ていた。たしか初対面のはずだよなぁと思う。

「暇だからぼうっとしてるだけ」

「標準語しゃべるん？」

猫のような目がまじまじとわたしを見つめる。この目の形には、なんとなく見覚えがあった。

「東京の人?」

「生まれはむこう。二年前からこっち」

「ふうん。初めて生で聞いたけど、変なしゃべり方やね。他人行儀な感じするわ」

わたしも、こっちに来てすぐに同じことを思ったな。妙に馴れ馴れしいって。もう二年もこっちに住んでいるんだな。大阪の言葉、いつのまにかすっかり耳に馴染んでしまった。

「昼間から居ててお腹すかへんの?」

指に引っかけているコンビニの袋をがさがさと漁りながら、彼女は聞いた。指先を彩る淡いブルーがとてもよく似合うと思った。雪ちゃんも、ネイルの似合いそうなきれいな爪をしているけど、ピアノを弾くから絶対に色を付けないね。

「おにぎり食べる?」

「おにぎり?」

「そう、きょう家に誰もおらんくてさあ。パパは出張やし、ママはその隙に友達とゴハン行ってもうてるし、兄ちゃんはさっきまでおってんけどいつのまにかおらんなってるし、すみれ料理できひんし……、あ、すみれって、ワタシの名前」

すみれさん。どこかで聞いた名前だった。どこかで……どこだったかな——突然、はっと思い出す。

「もしかして清見すみれさん？」

そうだ、ふたりきりの体育館で聞いたんだ。このアーモンド形の目に妙に見覚えがあると思ったら、そういえば、清見によく似ている。

「なんで知ってるん？」

すみれさんが怪訝そうに眉をしかめる。

「清見と……清見蓮と、同じクラスで」

いま清見のことを話題にするのはほんとにキツかった。思い出さなくていいことまでいっしょに頭に浮かんでくるから。清見は本当に朝に帰ってきたのか、いますみれさんに確認してしまったら、心のどこかがとうとう本格的にダメになってしまうような気がした。

「こんな偶然てある？」

声を上げたすみれさんが興奮ぎみに言う。

「あ、とりあえずおにぎりあげるな。梅とツナとおかか、どれがいい？」

「なんでも……」

「なら、おかか。兄ちゃんいっつもおかか食べるねんで。やし、いちおう買ってきてんけど、どうせ家におらんからあげる」

そこで思い出したように名前を聞かれた。素直に答えたら駄洒落みたいだと笑われた。でも嫌な感じじゃない。人懐こい笑顔を見て、すみれさんは本当に清見の妹なのだと実感した。

「兄ちゃんって学校でどんな感じ？　おもんない？」

「さあ、どうかな。よく笑ってるよ。友達も多いと思う」

「テキトーに周りに合わせるのだけは得意やもんな」

話せば話すほど、すみれさんは清見に対してどこか冷たい感じがした。突き放すような感じ。だけど完全に嫌っているようにはぜんぜん見えなくて変だった。兄と妹って、こんなふうなのかな？

「家ではどんななの？」

今度はわたしが聞いた。

「ぜーんぜんしゃべらん。ヌーッと帰ってきて黙々とゴハン食べてチャッとお風呂入ってすぐ寝てる。気だるいよ。シャキッとし！　って、毎日ママに言われてさあ」

妹は本当にうんざりしてるってふうに一気にしゃべった。

「ピアノは弾かないの？」

思わず訊ねた。しゃべり続けていたすみれさんははっと息をのんで、じっとわたしを見た。小さなくちびるがおそるおそる開いていく。

「兄ちゃん、学校でピアノ弾くこと言うてんの？」

「言ってない……」

と、思うけど、実際のところはよく知らないな。

「ほななんで知ってんの？」

説明するのは面倒だった。いろいろあって、と答えるのみにとどめると、すみれさんはちょっと考えるように口を突き出し、それからンーと唸った。

「ピアノなあ、そろそろやめてもいいと思うねんけどな」

ぱっと開かれたくちびるが信じられないことを言った。清見蓮はピアノをやめてはいけない人だと思っているわたしにとって、本当に衝撃的な一言だった。

「憑《と》りつかれてるみたいやねん。もうずっと。兄ちゃんは、ピアノから離れへん限り、一生しんどいままなんちゃうかな」

すみれさんは、ぽつぽつ、岸谷沙耶という女性の話をしてくれた。手短な話だった。清見から聞いたのとそう変わりないけど、名前を知ったとたん急にリアリティのある物語になって恐ろしいような気持ちになった。

岸谷沙耶さんというんだ。雪ちゃんにとてもよく似ているという、清見のいちばん大切な人は。

「兄ちゃんにとって、岸谷沙耶は一種の呪《のろ》いやと思う」

妹は本当に心苦しそうに言った。すみれさんが清見に対してどこか冷たいのは、嫌いなんじゃなく、あきれているんでもなく、心から心配しているだけなのだと思った。

「あいつ、きょう朝帰りしよってさあ、ぜったい女やで。しかもそんなに好きでもない女やったと思うで。顔見たらわかんねん。ほんっまいちいちしょうもない……」

その話題を出されて、なんと答えたらいいのかわからなくて、わたしは黙っていた。その相手がうちの姉だとは口が裂けても言えないし。言いたくもないし。本当は、思い出したくもなかったし。

「うわ」

突然、すみれさんが声を出した。

「噂をすれば、兄ちゃんや」

びくっとした。どきっとした。どうしても顔を上げる気にはならなかった。いま清見と顔を合わせたら、なにを言っちゃうかわからなくて怖いよ。

「どこ行っとってんな?」

近づいてきた足音に妹が声をかける。きつい言い方だった。

「そこらへん」

兄は気だるげに答えた。学校で会うのとはほんとにぜんぜん違ってびっくりする。

「すみれこそ、こんなとこでなにやっとんねん……」

そこで一度言葉を止めた兄が、小さく、鋭く息を吸うのがわかった。

「北野、か?」

どこか気まずそうな、ぎこちない響きなので、すぐにわかったよ。本当に清見は雪ちゃんといっしょに一晩を過ごしたんだってこと。

「雪ちゃんは清見を好きじゃないよ」

どうしていきなりこんなこと言っちゃったんだろ。

「雪ちゃんにはほかにすごく好きな人がいる。その人と上手くいってないから、当てつけのために清見は利用されただけ」

どうしてこんな、わざわざ傷つけるようなこと言っちゃうんだろ。

「……北野、俺」

「もういいよ」

なんにも聞きたくなかった。

絶望的にしんどい。呼吸をするのさえしんどい。苦しい。すごく痛い——どこが?

「もう二度とショパンを弾かないで」

ぐらついた視界の中で、清見はこの上なく悲しそうな顔をしていた。たくさんたくさん傷つけた。言わなくていいことを言った。だけど気持ちが追いつかない。整理ができない。

どうして、こんなにも胸が痛むの？

どうしてここに来ちゃったのかわからない。

前に陽斗に連れてきてもらったハンバーガーショップ。どうせいないだろうと思って店のドアを開けたのに、陽斗はほんとにいた。生ハムをぺろんと持ったままわたしの顔を見て固まってる。

「お酒が飲みたい」

陽斗に言ったのかマスターに言ったのかわからない。

「どうしたの？」

陽斗が近寄ってきて言った。そのまま、カウンター席に座らされる。足元がぐらぐらしてる。

「なに飲む？」

「こいつ未成年だよ」

「ええやん、本人が飲みたがってんねんから。ちゅうかおまえも未成年やんけ」

「いやあ、俺は失うものがなにもないし」

陽斗とマスターのやり取りをぼんやり聞いてたら、いつのまにかわたしの前にはドリンクメニューが置かれていた。どんな名前のがどんなお酒なのかちんぷんかんぷんで、ぼけっと見ていたら、陽斗が「ファジーネーブル」と言った。

「弱めで」

「強めで」

かぶせて言う。陽斗が苦笑する。

「なんか、荒れてんね」

答える気にならなかった。わたしがしゃべろうとしないので、陽斗もずっと黙っていた。やがてオレンジ色の飲み物が出てきた。はじめ、オレンジジュースだと思ってがっかりして、口を近づけたらお酒のにおいがしたんで一気に飲む。あ、甘い。けど、変な味。これがお酒の味？　喉がじんじんと熱い。

「陽斗は雪ちゃんを好きでしょう」

グラスを空けてからわたしは言った。

「またその話？」

うんざりって感じに笑った陽斗は、強そうな透明のお酒をちびちび飲んでいる。

「誰かを好きになるのは辛いよ」

まるでその感覚を知っているかのように陽斗は言いきった。

「痛くて苦しい。自分じゃ力不足だってことを知ってると、特にさ」

彼の声にいつものような軽さはなかった。その言葉はわたしの心の深い場所まですとんと落ちてきて、体の真ん中をぎゅっと締めつける。

どうしようもなく清見を好きだと思った。なにかを、誰かを、こんなにも強烈に好きだと思ったことはこれまでに一度だってなかった。焼けつくような想いってほんとにあるんだね。

雪ちゃんは陽斗を好きになって、いい子じゃなくなった。陽斗は雪ちゃんを好きになってかたくなな男になった。

じゃあ、清見を好きになったわたしは、どんな女になっていくの？

「俺、そろそろ大阪を出ようと思っててさ」

陽斗はいつも突然だ。

「だから最後に、お姉さんに会いに行くよ」

会うのは怖くない？　と聞きかけて、やめた。会えないことのほうがよっぽど怖いと思ったから。

清見はどんな気持ちだっただろう。大切な人——岸谷沙耶さんといきなり会えなくなって、どんなに怖かっただろう。

陽斗は雪ちゃんに会って、なにを言うのかな？　どうか傷つけないでほしいと思った。できるなら、ふたりにずっといっしょにいてほしいと願った。

　オハヨウは言わなかった。言えなかった。教室に入ったとたん、清見と目が合ったような気がしたけど、気まずそうにふいと逸らされて、こっちも戦意を喪失してしまった。

「北野さん」

　やわらかい声が降ってきて、机に突っ伏していた頭をのそりと持ちあげる。片瀬さんが眼鏡の奥の瞳を心配そうに揺らしている。

「二時間目、生物室やで」

「あ……そうか」

　教室を見渡すともうほとんど人がいなかった。慌てて教科書とノートを抱いて教室を出る。

「北野さん、きょう体調悪いん？」

　早足で歩いている途中、片瀬さんがひそひそと訊ねてきた。

「どうして？」

「朝から寝てるやんか」

　寝たふりをしているだけだよ。わたしのほうが席が後ろで、どうしても清見の姿が目に入ってきちゃうから。

文字を書く前、決まって一度ペンをまわす癖を知っている。無意識に机の上でピアノの練習をしちゃうのも。眠いときはうなじのあたりを左手でさわっていることも。

じっと見ていたら、あの指が雪ちゃんに触れたのを想像せずにはいられない。清見の指先はどんな温度なんだろうなんて、気味の悪いことさえ考えてしまう。

ぼうっとしながら歩いていたせいか、持っていたものをすべて廊下にぶちまけてしまった。蓋を嚙ませるだけのペンケースの中身も全部飛び出しちゃってる。サイアク。

「やだな……どうしたんだろ」

「ほんまに体調悪いんやったら保健室行きや？」

消しゴムを手渡してくれながら片瀬さんが言った。

「うん、大丈夫、ありがとう」

遠くまで転がっていったシャーペンを追いかけていくと、わたしよりも先にそれを拾いあげる手があった。いつも見ている手。清見のきれいな指先。いまは、あんまり見たくない。

「はい」

「……ありがとう」

清見はひとりでいた。そういえば、松葉杖になってから遠藤くんといっしょにいるところをあまり見かけないな。なにがあったのかも聞きたいのに聞けないままで、ずっともやもやしていることだ。

清見はすぐに行ってしまった。シャーペンを握りしめたまま、わたしはいつまでもその背中を見ていた。

体調が優れないのは間違いなくきのうのお酒が原因だろう。陽斗が止めてくれなかったらたぶん朝まで飲んでいたと思う。お酒はべつにおいしくなかったよ。それに翌日はこんなふうにしんどくて、ぜんぜんいいことなんかないよ。

こんな体調の日に限ってプール開きだった。青すぎる水面に太陽の光が反射して、きらきら輝くのを、まるで別世界のことのようにぼんやり眺めていた。プールサイドのベンチに座ってぼうっとその光景を見ていたら、強面の体育教師がぬっとわたしの顔を覗きこんできた。

「顔色悪いで？　あんまり辛かったら室内で休んどってええからな」

きょうはたまたま本当に体調が悪いだけで、これからも水泳の授業には極力出ないようにするつもり。水泳というか、水全般が昔からずっと苦手なんだ。ぜんぜん泳げない。顔に水がかかるのも、できれば勘弁。

プールはコースロープで縦に半分に分けてあり、東側を男子が、西側を女子が使っている。わたしは西側のベンチでその様子を見守っていて、東側のベンチにはなぜか清見が座っていた。プール道具を忘れたって言い訳していたけどほんとかな。清見も朝からあまり顔色がよさそうじゃなかったんだ。

清見はあまり動かないでじっとプールを眺めていた。時おり、水の中からクラスメートになにか言われたり、水をかけられたりすると笑いながら答えたりもするけど、やっぱりどこか元気がなさそうに見える。

声をかけてみようか。なんて？　きのう、あんなえげつないこと言っといて、普通にヨウとは言えないな。

「北野さんっ」

ぐるぐる考えていたら声をかけられた。かわいそうなくらいゴーグルの似合わない片瀬さんが、プールサイドに腕を乗せてうれしそうに手を振っている。

近づくと強烈な塩素のにおいがした。意外と心地いい香りで、気持ち悪いのが少し引いていった。

「水、冷たくてめっちゃ気持ちいいで」

「うん……ほんとだ」

しゃがみこんで手首までをそっと入れてみる。手先に水の冷たさを感じるのと同時に、それ以外の体じゅうで気温の高さを感じた。もう七月になることを、なんとなく改めて思い出した。

いきなり先生がホイッスルを鳴らした。集合の合図らしく、ベンチに戻るために慌てて立ち上がると、頭がぐわんと大きく揺れた。立ちくらみ。熱さと二日酔いとで脳ミソにデカい地震が起こってる。

そのままわたしはプールのほうへ倒れこんだ。あ、やばい――落ちる……。

「北野っ」

意識を手放すほんの一瞬前、誰かに呼ばれた。ほんとは誰なのかすぐにわかった。清見蓮の声を、わたしは間違えない。

水はほんとにダメなんだ。子どものころけっこう真剣に溺れたことがあって、ずっとトラウマ。家族四人で海水浴に行ったときだった。お父さんがお休みを取れたからって、お盆前に行ったんだっけね。

初めて見た海だった。本当に美しくて、青く輝く水平線を魔法のカーペットみたいだと思ったのをよく覚えてる。

雪ちゃんとわたしはふたりきりで浮き輪を持って沖に出たんだ。海はどこまで続いているんだろうと思った。どんどん先へ進んだ。ふと振り返ったら、浜辺があまりに遠い場所にあることに気づいて、急に恐ろしくなった。

大きな波がきたのはちょうどそのとき。浮き輪がひっくり返って、雪ちゃんとわたしは果てしない大きな世界に放りだされていた。しょっぱくて苦しくて暗くて冷たかった。

死んじゃうって思った。死にたくないって思った。雪ちゃんの名前を呼んだ。雪ちゃんに死んでほしくなかった。

そこで意識が途切れて、次に目が覚めたとき、わたしは雪ちゃんの背中に背負われていた。息を切らしながら、水を飲んでしまいながら、それでも必死に妹を背負って泳ぐ雪ちゃんにしがみついていっぱいいっぱい泣いた。沖へ出たいとわがままを言ったのはわたしだった。ごめんなさいをくり返す妹に、姉は、大丈夫だよと、朝日ちゃんが無事でよかったと、泣きながら笑ったのだった。

目が覚めるとそこは姉の背中でも海辺でもなく、真っ白な空間だった。一瞬混乱しかけて、ああそうか、保健室かと思い直す。

「目ェ覚めた？」

「え……」

「大丈夫？」

ベッドの傍らに座っていたのはきょう一度も目が合わなかった男だった。清見蓮は、純粋な心配のみの宿った瞳でわたしの顔を覗きこんだ。

「覚えてる？　さっきの。プール、落ちそうなって、ぎりぎり手ェつかんで落ちひんかったけど、北野、そのまま気絶しとってんで」

落ちそうに……？　ということは、落ちてない？

たしかに、全身のどこをさわってもまったく濡れていなかった。

「ほんとだ……」

「うん、間一髪」

落ちてもないくせに失神ってすごいダサい。クラスメートにその光景を見られていたのかと思うと、四時間目からも教室に戻りたくなくなった。

「ここまで、清見が？」

「動けるの俺しか居ぃひんかったし」

清見には恥ずかしいところをたくさん見せてしまっている。そういえば、鼻血を出したときに助けてくれたのも清見だった。そう、ちょうどそこの椅子に座って、アディダスのタオルを顔面に押しつけられて。返した新品は使ってくれているのかな。部活のこと、ちょっと聞いてみたいな。

「遠藤くんと喧嘩してるの？」

清見の目が戸惑ったように揺れた。

「喧嘩……というか、一方的に気まずくて。俺が、あかんねん」

「怪我のことで？」

「うん、だいたい」

清見はなにを話そうかとても悩んでいるようだった。

「……ごめん」

そして唐突に謝った。

「小雪ちゃんとのこと、ほんまにごめん。俺が全部悪いねん。小雪ちゃんにも、北野にも、最低なことしたと思ってる。ほんまにごめん……」

ぎゅっと、清見の指がシーツをつかむ。関節がボコボコと白く浮き出ている。

「俺、あれからずっと、北野のことばっかり考えとった」

消えてしまいそうに弱々しい声だった。それでも、意志のある言葉だった。

わたしは戸惑った。嬉しくて、苦しくて、清見に触れたくて。握られたままのこぶしにそっと手を乗せた。清見はびくっと震えた。それから手のひらを開くと、わたしの手を握った。大きな手。だけどどこまでも繊細な手ざわり。

「なんて言うたらええんやろう？」

きっと清見はなにかを伝えようとしてくれている。とても大切なことを、わたしだけに、真っ直ぐに。そこに岸谷沙耶さんや雪ちゃんはいない。清見とわたし、ふたりだけの世界だ。

清見のこと、不思議なくらい信じられると思った。

「わたし、雪ちゃんのことが大好きなんだ。なにより、誰より、すごく大切に思ってるんだ」

幼いころ、命がけでわたしを助けてくれた雪ちゃんを、わたしもずっと大切にしてきた。大嫌いにまみれたわたしの世界で、雪ちゃんだけが、たったひとつ輝き続ける〝大好き〟だった。

「でも、清見だけは嫌だった」

心の深いところから素直な気持ちが勝手に流れ出てくるみたい。

「清見だけは誰にもとられたくないって思った。清見は、わたしが見つけた最高のピアニストだから」

清見をひとりじめしていたい。清見の弾くピアノを。ショパンを。この両腕を。本当は、誰にも触らせたくない。

「ねえ、これからは、わたしのためにショパンを弾いてよ」

祈りのような言葉に清見は返事をしなかった。ただわたしのことをじっと見つめ、切なそうに顔をゆがめただけだった。その顔にどんな意味があるのか聞きたくて、だけどいまは聞かなくてもいいような気がした。


帰宅すると雪ちゃんはいなかった。そのかわりに陽斗からメッセージが入った。

『お姉さん、きょうは帰らないから、ごめん。よろしく』

あしたの朝はほんとに派手な喧嘩になるだろうと思った。そしたらわたしも闘おう。雪ちゃんの気持ち、いっぱいいっぱい、お父さんとお母さんにぶつけよう。

それが終わったら、わたしも雪ちゃんにぶつけよう。いまは清見のこと、なんて言ったらいいかわからないけど。思い出すと胸がきゅっとなって、それからお腹のあたりがぞわってする。全身に鳥肌が立つくらい、わたしは清見のこと、すごく好きなのかもしれない。

そのことを伝えよう。絶対、いちばん最初に雪ちゃんに言おう。

いまとても、清見のショパンを聴きたい。

夜明けの約束

ずっと北野のことを考えていた。

あれから俺の頭の中は北野朝日でいっぱいだった。

会いたくて、会いたくなくて、正反対の気持ちでどうしようもなかったけど、週明けに学校で会ったときは絶対なにか話そうと思っていた。そんな決意もむなしく、足元をすくわれるみたいにして公園で会っちまうんだもんな。しかもなぜかすみれとしゃべってて、意味わかんなくて混乱してたら、北野はものすごい剣幕で怒った。自分でも驚くほどすげえショックだった。小雪ちゃんがどうっていう北野の言葉にじゃない。北野に本気の拒絶をされたことがさ。手加減なしにあんなふうにされるなら、死んだほうがずっとましだったよ。

ショパンは二度と弾かないつもりだった。もともといつやめようかって思ってたんだ。誰が聴いてくれるわけでもないし。ピアノで食っていこうともさらさら思ってなかったし。北野に聴いてもらえないのなら、もう俺のショパンにはなんの価値もないように思えた。少しだけ寂しくもあったけど、これでいいって思った。サヤはもう死んだんだ。本当は、俺がピアノを弾く意味なんか、六年前の夏にとっくに消滅してた。

「──わたしのためにショパンを弾いて」

ずっと、その言葉が残ってる。無限ループみたいに頭ん中で何回も何回もくり返されてる。

どんな愛の告白をされるよりもずっと幸福な言葉だったよ。泣きたくなっちゃったよ。伝えたいことが体中から湧き上がってくるみたいだった。それなのになにひとつ言葉にならないのはなんとも不思議だった。死ぬほどもどかしかった。

北野はどんな思いであんなことを言ってくれたんだろう。その先にあるなにかを聞いてみたいような気がしていた。だけど北野はそれ以上なんにも言わなくて、俺もなんにも答えられなかった。

俺には、北野に答えを言う前にしなければならないことがあった。

「──すみませんでしたっ」

体育館に入るなり頭を下げると、チームメートは雑談をやめていっせいにこっちを見た。その中には、まだ足に包帯を巻いている遠藤もいた。そうか、来てるんだな。来てるよな。きっと朝練も欠かさず出ているんだろう。練習に参加できなくても、コートに立てなくても。遠藤はそういうやつだ。いまの自分にできることを、きちんと全部やる男だ。

自分がほんとにゴミのような存在に思えてしょうがなかった。最近は死にたくなってばかりだ。十七年分のツケが一気にまわってきてるよ。

「どのツラ下げて来とんねん」

わかってたけど、コーチにはいきなりぶん殴られた。

「ずっとサボっててすみませんでしたっ」

「すみませんでしたちゃうやろ！」

言い訳の余地もない。俺は頭を下げ続けた。バスケがしたかった。初めてこんなに真剣にバスケのことを考えた。考えて、考えて、やっぱりやめらんないって思ったよ。やめちまう前に、もう少しマシな1番になりてえよ。

「走ってこい」

背を向けたあとで、コーチは静かに言った。

「そんだけサボったら死ぬほど体力落ちてるからな。いま自分にどんだけ体力ないか実感してこい」

「ありがとうございますっ」

「言うとくけど、元の体力に戻るまで、いや、それ以上になるまでコートには立たせんからな」

もともと俺の体力はミジンコレベルだったし、マシなポイントガードになるためにはこれまで以上の体力は必要不可欠だ。黙ってひとりで外周ランニングをし続けた。サッカー部のやつらに罰ゲームかと笑われた。

罰ゲームで間違いないな。けど、いままでいろんなものから逃げてきた分の罰ゲームがこれなら、安すぎておつりがくるだろうな。

それにしたってマジで体力がない。コーチの言うようにまったく走れなかった。距離もスピードも。限界まで走って、少し休憩を挟んだあと、まだいこうかなって準備していたら、ふいにスポーツドリンクが差しだされた。

「よう帰ってきたな」

遠藤だ。笑ってる。

「もう帰ってこーへんかと思てた」

俺も、そう思ってたよ。

「完治したら俺もまずはランニングやなあ」

「怪我、どうなん?」

「順調やって。もう松葉杖なしでいけるし」

ぐるぐる足首をまわして見せる。調子に乗ってまわしすぎて痛がっていやがる。

「なんで帰ってきたん?」

目的を聞かれているのか、要因を聞かれているのかわからないので、とりあえず前者を答えることにした。

「良いガードになろうと思って」

遠藤は豪快に口をあけて笑った。

「やる気やな！」

もちろんさ。これでまたいいかげんなことやっちまったらほんとに死ぬしかないよ。

「なあ、絶対なんかあったやんな？」

さっきの質問、今度は後者のほう。

「べつに、なんも」

「いやいや。わかるで」

「なんもわかれへんやろ。テキトーこくなや」

遠藤はもう一度ブハハと笑って、それからふと、目を細めた。

「清見さあ、北野さんとはつきあえへんの？」

飲もうとしたスポーツドリンクがおもいきり気管に入っていく。派手に噎せた。これじゃ、北野とのあいだにほんとになんかあるみたいな反応じゃん。てきとうにごまかせなくなっちゃったよ。

「……わからへん」

考えて、俺は答えた。

「なんやんねんな。男のくせに曖昧やな」

うるせえよ。男らしくなくても、女々しくても、そんなに簡単に答えは出せないよ。きっと北野も同じだろう。俺たちのあいだにはまだ、ぜんぜん単純じゃない問題がいくつか残っている。

「なら、北野さんが突然ほかの男とつきおーてたらどないよ?」

「べつに……」

ええよ、と言いかけて、止まった。ぜんぜんよくなかった。

「北野は誰ともつきあわへん」

根拠はないけど、これだけはなんとなく言いきることができる。

「あいつは絶対、本気で好きになった男としかつきあわへん」

そしてそれを俺に隠しておくことなどできないのだろう。正確には、北野に好きだと言われたわけじゃなかった。俺もそう言ったわけじゃない。俺たちの関係は曖昧で、不安定で、これからの未来があるのかもわからないほど不透明で、とてもむずかしくて。だけど、簡単になくしてしまいたくないよ。

遠藤は理解するようにうなずきながら、へえ、と言った。

「ほな、清見が北野さんの〝本気で好きなやつ〟になったときは言うてな」

「バカにしてるやんけ」

「してへんよ。なんかええなあと思ってさ」

男前な顔がニシシと笑う。

「清見と北野さんの関係は、なんか、ほかにはない感じよな」

外から見た俺たちはいったいどんなかたちをしているんだろう。あんまり学校でしゃべったりはしてないと思うんだけど。どうして遠藤はそんなふうに感じたんだろう。

北野への気持ちは、かつてサヤに抱いていた気持ちとはぜんぜん違っている。

もっとややこしくて、もっとシンプルなこの気持ちを伝えたら、北野はどんな顔をするんだろう？


バスケ部に復帰したこと、帰宅したらすでに妹にバレていてびびった。情報がツーツーすぎて嫌になる。もしかしてすみれと遠藤ってつきあってんのか？

「よかったやん」

妹がチョコミントアイスを頬張りながら言った。冷凍庫のどこを探しても俺の分がなかった。追い打ちをかけるように「ないで」と冷たく言われる。むかつくぜ。

「前よりちょっとはマシな男になってんちゃう？」

そんなことを妹に言われる筋合いはないよ。

「すみれもちょっとはマシな女になれよ」

「ハァ？　清見蓮よりはまあまあマシやけど」

うぜえ。反撃が反撃にならないよ。いつから妹はこんなに強くなったのか。昔はちょろちょろ俺の後ろをついて歩きまわる泣き虫だったくせに。

ほんとに、すみれはいつのまにこんなにデカくなっちまったんだろう。ぜんぜん知らなかったよ。妹はずっとガキンチョのままだと思っていた。俺、すみれのことすら、ぜんぜん見てこなかったんだな。

「ごめんな」

ダイニングからリビングへ移動していく細っこい背中に声をかけた。すみれは俺の知らないうちに、幼い少女から、大人の女へと変わっていた。

「なあ、これからさ、なんか困ったことあったときは言うてこいよ」

すみれは一貫して黙っている。背を向けたまま黙々とアイスを食っていやがる。髪を乾かさないと風邪をひくと、いつも母さんに怒られてるだろうが。

「ダサい兄ちゃんに言うことなんかひとっつもない」

ちょっと時間をおいて、最初に言う台詞がそれかよ？

ため息をついてメシの用意をした。妹の味覚に合わせた甘口のカレーを温め直していたとき、ふと、すみれがぽつんと言った。

「清見蓮は、清見すみれのお兄ちゃんなんやから、いつでもかっこよくおってもらわな困るねん」

どこかくぐもった声だった。

なんで泣くんだよ？　妹に泣かれると、兄貴はもっと泣きたくなるんだ。


北野と話すタイミングはなかなかなかった。学校ではクラスメートの目があったし、学校帰りに公園に寄ってみても北野はぜんぜんいなかった。そりゃそうだ。みっちり外周走ったあとに自主練していたら、帰宅時間なんか簡単に二十一時をまわる。そんな時間まで、普通いないよな。いたら逆に怒るぜ。夜は物騒だ。

そんなわけで、平日はピアノにもぜんぜんさわれない生活が続いている。帰ってからメシ食って風呂入って……ってしているともう深夜で、住宅街のど真ん中に位置する防音設備のない家でピアノを弾くとなると、なかなかむずかしいんだな。

バスケを真剣にやるようになってからピアノがおろそかになってしまっている。北野はいまも、毎日、あの公園で待ってくれているんだろうか？　俺のショパンを聴きにきてくれているのだろうか？

七月も半分が過ぎた土曜の夜、久しぶりにショパンの作品集を引っぱり出してきた。ピアノピースはだいたい弾ききって飽きてしまったので、たまには作品集を最初からなぞってみようと思ったんだ。久しぶりにさわる楽譜は日焼けしたようなにおいがした。表紙は、たぶんもともと真っ白だったんだろうけど、すっかり黄ばんでしまっている。発行年を見ると三十年ほど昔だったのでびっくりした。もしかしたらこれはサヤの母親の時代から使っているものなのかもしれない。

小犬のワルツから始まり、華麗なる大円舞曲へと続く。ちょこまかした動きにミスタッチが生まれる。ミスがあれば最初からやり直す。完璧に弾ききることができたら次の曲へ移る。ピアノを弾いていると時間を忘れてしまう。

やがて軍隊ポロネーズを弾き終わり、ページをめくったところでふいになにかがひらりと落ちてきた。椅子の下を覗いてどきりとする。薄いピンクの封筒——それは間違いなく、サヤが俺に残した手紙だった。

十一歳だった俺は、これをどの曲のページに挟んだのだろう？　気になって、確認して、思わず笑っちまったよ。

——エチュード第3番　ホ長調　作品番号10－3『別れの曲』

俺、あのころ、こんなロマンチストだったっけな？

不思議なほど冷静でいられた。糊づけされていない封筒を開き、便箋を取り出す。

サヤのきれいな字はいまでも色褪せないで、白い紙の上に敷き詰められたままだった。

『蓮へ』と始まる手紙を、サヤの歌うような声が、最後まで読み上げる。

読み終わると俺は便箋を裂いた。

無性に、北野に会いたくなった。

会いたい人はいつもの場所にいた。北野朝日はブランコに腰かけ、俺の姿を認めると、はっとしたような顔つきになった。

なにを言おうか悩んでいる顔。俺のために悩んでくれている顔だ。

そういう顔を、ずっと、ひとりじめしていたいと思う。

「ここにおってくれてよかった」

想像以上に感情のこもった言い方になってしまった。

「どうしたの？」

気遣うような声。俺は小さくかぶりを振った。

「めっちゃな、めっちゃ、会いたなってんよ」

北野は戸惑ったように瞳を揺らした。女っぽい、濡れた瞳を、絶対ほかのやつに見せてたまるかと思った。

言いたいことがたくさんあった。伝えたい気持ちはひとつだけあった。どうしたら全部を届けることができるだろう。

「いまから時間ある?」

「うん。大丈夫だけど」

「どっか、ふたりきりになれる場所、行きたいねんけど」

夜の公園はほとんどふたりきりみたいなもんだけど、目の前を横切っていく通行人さえもいまは嫌だった。北野は少し考えてから、まじめくさってうなずいた。イエスの返事だ。

「チャリ取ってくるから待っとって!」

急いで家に帰り、再び戻ってきても、北野はまったく同じまじめな顔のまま待っていた。横向きに座るんでなく、迷わず荷台にまたがったのが、すげえ北野っぽくてよかった。夜の街をふたり乗りで走る。土曜の夜は、賑やかなところとそうでないところの差がすごくある。

「どこに行くの?」

五分くらい経って、やっと北野は聞いた。

「どこ行きたい?」

俺は聞き返した。

ふたりきりになれる場所ならけっこうある。カラオケボックス、個室有りのネットカフェ、それから、ラブホテル……。

「学校」

背中越しに北野はきっぱりと言った。学校？

「いまの時間ならたぶん誰もいないよ」

裏門の前に自転車を停め、運動部がよく使っている裏口から夜の学校に忍びこんだ。明かりのない学校ってのは昼間とはぜんぜん違うのな。平気でオバケがいそうだよ。怪しい雰囲気。だけどどこか、神聖な佇まい。

「ねえ、それなに？」

俺の抱えている白い箱を北野が指さす。これは、あの夏サヤにもらった楽譜たちだった。ショパンのみを詰めこめるだけ詰めこんで持ってきたんだ。けど、それを言うのはなんとなく気恥ずかしくて、俺は「内緒」と答えた。

「ふうん……」

それ以上は追及してこようとしない北野はあまりに不用心だ。もしかしたら凶器が入ってるかもしれないぜ？　俺はそれだけ、北野に信用してもらってるってことかな。もしそうだったら、すげえ嬉しい気がしてる。

「プールに行きたい」

グラウンドを校舎にむかって横切っている途中で、北野はいきなり言った。プールに落ちそうになっただけで気を失っていたやつがそんな提案をするので驚いた。俺が返事をする前に、すでに北野はプールのほうへ歩を進めていた。慌てて後を追う。

夜のプールは黒々としていてどこまでも水深がありそうだ。明かりをつけると、白い光がゆらゆら水面を泳いで、幻想の世界みたいだった。

「こんなんバレたら絶対怒られるやんなあ」

「学校に忍びこんだ時点でもうダメだよ。そのときはいっしょに怒られよう」

なんでそんなかっこいいことを普通に言えるんだよ？

俺も、北野みたいになりたいよ。かっこいい存在じゃなくてもいい。ただ、もう逃げるのだけは、嫌なんだ。何事からも目を背けないでいたいんだ。

靴と靴下だけ脱ぐとそのままプールに飛びこんだ。泳ぎ用でない、普段着のＴシャツはどんどん水を吸った。重てぇ。体に貼りついて気持ち悪ィ。いいや、上だけ脱いじゃおう。

素肌に感じる水はひんやりとしていて、最高に気持ちよかった。

「北野って水は苦手なんやっけ？」

「うん」

北野は少し恥ずかしそうにうなずいた。

俺と同じように裸足になり、プールサイドに座っても、北野は足先すら水に入れようとしない。なんとなく近づいて彼女の目の前に立つ。俺の顔を見て、どこか決心したような顔つきになると、北野はゆっくりと両足をプールに入れた。

「冷たい」

伝えたい気持ちというのはいざというときに言葉になってくれないから困る。月明かりを背に、目を伏せて足を泳がせる北野はあんまりきれいで、手を伸ばそうとすら思えない。

生きている。

俺は生きていて、北野も同じように、生きている。

当たり前のように毎日会える。

俺たちにはあしたがやってくる。

それは、なににも代えがたい奇跡なのかもしれない。

ずっと無言で見つめていた。なにから切りだせばいいのかわからなかった。やがて目を上げた北野の澄んだ瞳と視線がぶつかる。突然、ぼこぼこと気持ちがあふれ出る。あふれて、止まらない。

「ショパンを預かっとってほしい」

彼女の横に置いていた白い箱を指さして言った。北野は、少しためらいながら箱を開けると、すごい、と小さくつぶやいた。

「こんなにあるの？」

北野が引っぱり上げたのはさっきまで俺が弾いていた作品集だった。やわらかそうな指先がぱらぱらとページをめくる。優しいまなざしが五線譜に落ちている。

「たくさん書きこみがしてある。きれいな字だね」

世界がつながった気がした。

つながって、動きだした。

生きてるんだよな。俺も。北野も。

なんて、尊い瞬間。なんて、愛おしい現実。

「北野に会えてよかった」

あふれ出て、心にどんどん溜まっていく気持ちが、せきをきったように外へ流れ出ていくのがわかる。

「北野に見つけてもらえて、よかった」

そう、言いたいことな、俺がいちばん言いたいことは——

突然ぶわっと風が吹く。思わず目を閉じたのと同時に、どぽんと、なにかが水に落ちる音。

「清見っ」

呼ばれて目をあけると、北野は水の中に立っていた。いまにも倒れそうな顔をして。それでもくちびるを噛みしめながら、ゆっくりと俺の傍までやってきた。

その手を取った。絶対に離すものかと思った。

「水……苦手なんちゃうん」

「でも、清見がつかまえてくれたじゃん」

つかまえるよ。どこでなにをしていたって、いつも、北野をつかまえるのは俺でありたい。

「ありがとう」

いちばん言いたかったことをやっと言えた。

「俺のショパンを好きになってくれてありがとう。いつも、飽きずに聴いてくれてありがとう」

北野は笑った。こんなにも明るい、優しい笑顔を見るのは初めてだった。

「ずっと聴かせてくれる?」

北野はそっと言った。それは、遠い約束のような言葉だった。

「もちろん。ずっと……死ぬまで」

考えないで俺は答える。北野が驚いたように笑う。

「そんな約束しちゃったら大変じゃない?」

「そうかな」

繋がっている手に、無意識に力がこもった。

「けっこう、簡単に守れると思ってるけど」

だから北野も約束してほしい。俺のショパンを、いちばん近い場所でずっと聴いてくれるって。


並んでプールサイドに座り、朝を待った。しょうもない話ばかりをした。北野は遠藤やすみれのことを聞きたがった。俺の話を北野は興味津々に聞いたり、たまにつまんねえことを言うと退屈そうに居眠りしたりもしてた。

うとうとしている横顔を眺めていると、なんだかくすぐったいような気持ちになる。こんな無防備な北野朝日を見るのは初めてで、ちょっと笑える。

朝はすぐにやってきた。昇っていく太陽を見て、北野の名前がこの光と同じだということを今さらのように思い出した。

「なあ、朝日やで」

半分寝ている横顔にむかって言う。北野は、はっとしたように目を開くと、なぜか俺の顔をじっと見た。こんな寝起きでも北野の瞳はどこか強い色を宿している。

十五センチ左にある手のひらを握った。すぐに握り返してくれた。女っぽい指先だ。ちょっとやわらかくて、ほんのり冷たい。

「試合、見に来てほしい」

白く輝く水面を見つめたまま俺は言った。隣の北野に視線を向けると、彼女はすでに俺を見つめていた。

「前に言うてたやんか。もっと本気の試合が見たいって」

「試合があるの？」

「ある。たぶん、前よりマシなことができると思う」

北野はまじめな顔でうなずいた。そして、かすかに笑むと、楽しみにしてるとつぶやいた。

「ほかは？」

訊ねたのは北野のほう。

「ほかにもいろんなことがしたい」

ガキみたいに胸が高鳴る。ドキドキとワクワクがいっせいにやってくるみたいだ。こんなにも夏休みが楽しみなのは、いつぶりの感覚だろう？

「夏はまだまだいろんなことできるで。夏祭りやろ、海やろ、あ、遠藤たちも誘ってバーベキューもしたらええか。あと花火も……」

「そんなに？　なんか忙しそう」

北野が笑う。その笑顔があるだけで、どうしようもなく嬉しくなる。

「北野がしたいって言うたんやんか」

「わかった。じゃあ全部しよう」

俺たちは指切りげんまんをした。もしかしたら俺はずっと、この手を探していたのかもしれないと思った。

いつか、小指だけじゃなく、当たり前に手のひらごと包みこめるようになれたらいい。そうしてゆっくり歩いていけたらいい。こんなふうに、ふたり、隣どうしで。

「約束ね」

新しい朝の光を受けた水面は、奇跡のように、いつまでも輝いていた。

あとがき

こんにちは。初めまして。加納夢雨《かのうむう》と申します。このたびは『あの夏よりも、遠いところへ』をお手に取っていただき、本当にありがとうございます。拙作がスターツ出版文庫の仲間入りをさせていただけましたこと、とても光栄に思います。

本作が書籍になったのは実は二度目なのですが、前回のものと比べて内容も大きく変わり、タイトルも新たになって、なかなかパワーアップしたのではないかと勝手に思っております。原題の『空を泳いでキミへ』を執筆したのが十代の頃、そして本書の編集作業の際には二十代に突入していたということで、私自身の蓮や朝日に対する接し方がまったく違っているな、というのを感じました。だからこそなかなか作業が上手くいかないこともあり、そこで自分が大人になってしまったことを痛感したりもしました。やはり、十代とは特別なものです。過ぎてしまうと二度と取り戻せない、素晴らしい季節だなあと思います。

さて、本作の主人公、蓮と朝日も十代です。実は、最初に私の中に生まれたのは北野朝日という女の子のほうでした。等身大の女子高生を書きたいというよりは、自分がどんな女子高生でありたかったかを体現してみようと思ったのが、彼女です。私も、朝日と似たようなモヤモヤを抱えながら十代を過ごしていましたが、彼女のように何かに真正面からぶつかっていくというのはなかなかできませんでした。その想いの分身となったのが、清見蓮という男の子です。ですので、もしかしたらどちらかというと蓮のほうが、等身大の高校生に近いのかもしれません。

十代は、学校がすべて、家がすべて、だけどそうじゃない、早く外の世界へ出ていきたい、それでも、大切なここにずっといたい……。誰もがきっと抱えたことのある矛盾したようなやりきれない気持ちは、本当は奇跡みたいに輝いている特別なものだということ、本作を通じて少しでも感じていただけたら、こんなに幸せなことはありません。

最後になりますが、拙作を新たな形で文庫にすることを踏みきってくださいましたスターツ出版の皆さま、ぎりぎりのスケジュールの中、わがままをたくさん聞いてくださいました担当の篠原さま、繊細で美しい、素敵なカバーイラストを描いてくださいましたカスヤナガトさま。そして、当初よりサイトで応援してくださっていた読者さま、あたたかい感想やレビューをくださった皆さま。たくさんの方のお力添えがあって、本作は書籍となりました。すべての方へ、心より御礼申し上げます。

二〇一八年八月　加納夢雨

この物語はフィクションです。実在の人物、団体等とは一切関係がありません。

物語の中に、一部法に反する事柄の記述がありますが、このような行為をおこなってはいけません。

加納夢雨先生へのファンレターのあて先
〒104-0031　東京都中央区京橋1-3-1　八重洲口大栄ビル7F
スターツ出版(株) 書籍編集部 気付
加納夢雨先生

あの夏よりも、遠いところへ

2018年8月28日　初版第1刷発行

著　者　　加納夢雨　

発 行 人　　松島滋
デザイン　　西村弘美
D T P　　株式会社エストール
編　　集　　篠原康子
　　　　　　萩原聖巳
発 行 所　　スターツ出版株式会社
　　　　　　〒104-0031
　　　　　　東京都中央区京橋1-3-1　八重洲口大栄ビル7F
　　　　　　TEL　販売部　03-6202-0386（ご注文等に関するお問い合わせ）
　　　　　　URL　http://starts-pub.jp/
印 刷 所　　大日本印刷株式会社

Printed in Japan

定価はカバーに記載されています。
ISBN　978-4-8137-0520-8　C0193

スターツ出版文庫　好評発売中!!

『いつか、君の涙は光となる』　春田《はるた》モカ・著

高校生の詩春には、不思議な力がある。それは相手の頭上に浮かんだ数字で、その人の泣いた回数がわかるというもの。５年前に起きた悲しい出来事がきっかけで発動するようになったこの能力と引き換えに、詩春は涙を流すことができなくなった。辛い過去を振り切るため、せめて「優しい子」でいようとする詩春。ところがクラスの中でただひとり、無愛想な男子・吉木馨だけが、そんな詩春の心を見透かすように、なぜか厳しい言葉を投げつけてきて――。ふたりを繋ぐ、切なくも驚愕の運命に、もう涙が止まらない。

ISBN978-4-8137-0449-2 ／ 定価：本体580円＋税

『京都あやかし料亭のまかない御飯』　浅海《あさみ》ユウ・著

東京で夢破れた遥香は故郷に帰る途中、不思議な声に呼ばれ京都駅に降り立つ。手には見覚えのない星形の痣が…。何かに導かれるかのように西陣にある老舗料亭『月乃井』に着いた遥香は、同じ痣を持つ板前・由弦と出会う。丑三時になれば痣の意味がわかると言われ、真夜中の料亭を訪ねると、そこにはお腹をすかせたあやかしたちが!?　料亭の先代の遺言で、なぜかあやかしが見える力を授かった遥香は由弦と“あやかし料亭”を継ぐことになり…。あやかしの胃袋と心を掴む、まかない御飯全３食入り。癒しの味をご堪能あれ！

ISBN978-4-8137-0447-8 ／ 定価：本体570円＋税

『きみと見つめる、はじまりの景色』　騎月孝弘《きづきたかひろ》・著

目標もなく、自分に自信もない秀はそんな自分を変えたくて、高一の春弓道部に入部する。そこで出会ったあずみは、凛とした笑顔が印象的な女の子。ひと目で恋に落ちた秀だったが、ある日、彼女が泣いている姿を見てしまう。実は、彼女もある過去の出来事から逃げたまま、変われずに苦しんでいた。誰にも言えぬ弱さを抱えたふたりは、特別な絆で結ばれていく。そんな矢先、秀はあずみの過去の秘密を知ってしまい――。優しさも痛みも互いに分け合いながら、全力で生きるふたりの姿に、心救われる。

ISBN978-4-8137-0446-1 ／ 定価：本体610円＋税

『ちっぽけな世界の片隅で。』　高倉《たかくら》かな・著

見た目も成績も普通の中学2年生・八子は、恋愛話ばかりの友達も、いじめがあるクラスも、理解のないお母さんも嫌い。なにより、周りに合わせて愛想笑いしかできない自分が大嫌いで、毎日を息苦しく感じていた。しかし、偶然隣のクラスの田岡が、いじめられている同級生を助ける姿を見てから、八子の中でなにかが変わり始める。悩んでもがいて…そうして最後に見つけたものとは？　小さな世界で懸命に戦う姿に、あたたかい涙があふれる――。

ISBN978-4-8137-0448-5 ／ 定価：本体560円＋税